Kapitel 1

Für meine Mama
Den größten Italien-Fan,
den ich kenne ❤️

Liebe Leserin, lieber Leser,

Vielen Dank, dass du zu diesem Buch gegriffen hast und dich damit auf ein kleines Experiment einlässt. Ein Entscheidungsbuch, in dem *du* mitbestimmst, für welchen Love Interest sich Emilia am Ende entscheidet: Angelo oder Paolo? Ich bin ganz ehrlich, ich könnte mich wohl nicht entscheiden, aber das Schöne als Autorin dieses Buches ist, dass ich es auch nicht muss. Ich übergebe das Buch einfach in deine wertvollen Hände und hoffe, dass du beim Lesen eine ebenso gute Zeit damit hast wie ich beim Schreiben.

Ein paar kleine »Warnungen« vorab: Du kannst hier nicht spicken, da die Kapitel nicht chronologisch angeordnet sind. Wer also denkt, er schaut mal kurz ins letzte Kapitel, um zu sehen, wie es für Paolo oder Angelo ausgeht … viel Erfolg dabei, das Kapitel zu finden 😄. Am Ende jedes Kapitels steht, wo es für dich nach der Entscheidung, was Emilia als Nächstes tun soll, weitergeht.

Und wenn du jetzt denkst, dass die Entscheidung immer nur zwischen Paolo und Angelo gefällt werden muss und du daher nur auf deinen Favoriten setzen kannst, muss ich dich ebenfalls enttäuschen. So einfach wollte ich es dir nicht machen, immerhin sollst du beide Love Interests kennen (und im besten Fall auch lieben) lernen. Denn egal, ob du Haters to Lovers oder Best Friends to Lovers bevorzugst, dieses Buch und meine Protagonisten haben noch so viel mehr zu bieten. Und wer weiß, wenn du das Buch mit dem einen Strang durchhast, vielleicht liest du es dann auch noch mal und triffst völlig andere Entscheidungen.

Egal, wofür du dich entscheidest, ich wünsche dir ein wundervolles Leseerlebnis.

Alles Liebe,
Nina

NINA BILINSZKI

My ITALIAN
Lovestory

Ein Romance-Entscheidungsbuch

Pattloch

Nachdem ich den Taxifahrer bezahlt hatte, wuchtete ich den Koffer die Steintreppe zu unserer Terrasse empor. Die Haustür stand wie immer offen und durch den Spalt wehten Gesprächsfetzen nach draußen. Ich konnte zwar nicht verstehen, was gesagt wurde, aber die Stimme meines Vaters erkannte ich unmissverständlich.

Ich trat ein und stellte den Koffer in der Diele ab. Dann folgte ich den Stimmen und fand drei Männer in der Küche vor. Papà zog sofort meine Aufmerksamkeit auf sich. Er saß auf einem Stuhl, das eingegipste Bein auf einen Hocker hochgelegt, die Krücken gegen den Tisch neben sich gelehnt. Davon abgesehen sah er gut aus. Die übliche Bräune überzog seine Haut. Seine Schläfen zeigten etwas mehr Grau als bei unserem letzten Wiedersehen, aber seine Augen waren klar und ein breites, überraschtes Lächeln überzog sein Gesicht, sobald er mich entdeckte: »Emilia, was machst du hier?«

Ich hatte niemandem mitgeteilt, dass ich kommen würde, daher zuckte ich mit den Schultern. »Irgendjemand muss den Laden hier doch am Laufen halten, während du außer Gefecht gesetzt bist.«

Ein Schnauben von rechts antwortete mir. Ich wandte mich in die Richtung und blickte in die dunklen Augen von Paolo. Papàs Vorarbeiter war nur wenige Jahre älter als ich und einen Kopf größer.

Seine längeren braunen Locken kräuselten sich in seinem Nacken und der Dreitagebart war eindeutig neu und stand ihm ausgesprochen gut. Das konnte aber nicht davon ablenken, dass er mich noch nie hatte leiden können. Seinem finsteren Blick nach zu urteilen hatte sich das nicht geändert. Schon früher waren wir ständig aneinandergeraten, weil wir bei jedem Thema unterschiedlicher Meinung zu sein schienen, und auch jetzt betrachtete er mich mit dem gewohnten Argwohn. »Das schaffen wir auch ohne dich. Hat die letzten fünf Jahre schließlich auch geklappt.«

Eigentlich verdiente dieser Kommentar gar keine Antwort, aber sie platzte wie so oft, wenn es um Paolo ging, einfach aus mir heraus: »Da konnte Papà aber auch arbeiten. Außerdem hättet ihr mir früher auch nicht verheimlicht, dass es offenbar eine neue Schädlingsart gibt, die unsere Rebstöcke angreift.«

Bevor Paolo etwas erwidern konnte, wandte ich mich dem dritten Mann im Raum zu. Angelos Gesicht war kantiger geworden, seit wir uns zum letzten Mal gesehen hatten, es hatte nun auch den letzten Rest des Jungenhaften verloren. Neuerdings bedeckten Bartstoppeln seine Wangen. Außerdem war da eine neue Falte auf seiner Stirn, weil er sie zu oft krauszog, wenn er mit etwas unzufrieden war. Doch seine dunkelbraunen Augen strahlten noch immer dieselbe Güte aus, »»»

Es war seltsam, die Straße zum Weingut meines Vaters entlangzufahren und zu wissen, dass ich diesmal nicht nur zu einem Kurzbesuch hier war. Hohe Pinien und vereinzelte Olivenbäume und Thymiansträucher am Straßenrand wiegten sich im Wind, ihr Duft strömte durch das geöffnete Fenster des Taxis herein. Der Hauptkrater des Ätna, dessen Nordwestflanke wir soeben emporfuhren, war durch das Dickicht gerade zu erkennen, wie auch die feinen Rauchschwaden, die aus ihm emporstiegen.

Normalerweise erfasste mich bei diesem Anblick ein Gefühl von Heimat und Glück, denn hier war ich aufgewachsen. Heute empfand ich nur Anspannung. Schließlich war ich nicht ganz freiwillig hier. Mein Vater hatte sich bei der Arbeit im Weinberg das Bein gebrochen. Es musste operiert werden, doch zum Glück hatte er das Krankenhaus gestern schon wieder verlassen können. Trotzdem war er vorerst auf Krücken angewiesen und konnte sich nicht wie gewohnt um den Betrieb kümmern.

Seit seinem Unfall hatten wir jeden Tag Videotelefonate geführt, bei denen er mir versichert hatte, dass er klarkommen würde und genug Leute hätte, die sich um ihn kümmerten. Und ich hatte ihm geglaubt. Warum auch nicht. Ich wusste, wie stark der Zusammenhalt in unserem Ort war. Hier achtete man aufeinander, das hatte ich bereits zu spüren bekommen, als meine Mutter vor fast zehn Jahren gestorben war. Wochenlang waren wir mit Essen versorgt worden, und von den Nachbarn hatte immer jemand *rein zufällig* vorbeigeschaut, sobald ich aus der Schule gekommen war, um mir bei den Hausaufgaben zu helfen. Damals hatte es mich überfordert, weil ich so in meiner Trauer gefangen gewesen war, aber rückblickend war es eine unglaubliche Hilfe gewesen.

Mir war also klar gewesen, dass mein Vater nicht allein dastehen würde, wenn er aus dem Krankenhaus kam. Aber als Angelo, mein bester Freund aus Kindheitstagen und Papàs neuester Vollzeitmitarbeiter, mir schrieb, dass ein Teil der Weinernte in Gefahr sei und sie einen neuen Schädling als Ursache vermuteten, hatte ich sofort einen Flug nach Catania gebucht.

»Wir sind gleich da«, riss mich die Stimme des Taxifahrers aus meinen Gedanken.

Ich blinzelte. Tatsächlich passierten wir bereits die Oleandersträucher, die die Einfahrt meines Elternhauses umrahmten. Sie standen in voller Blüte, ihr unvergleichlicher Duft strömte ins Auto und zum ersten Mal, seit ich in aller Herrgottsfrüh Bordeaux hinter mir gelassen hatte, breitete sich ein Lächeln auf meinem Gesicht aus.

Ich war zu Hause. Ich wusste zwar immer noch nicht, was genau hier vor sich ging, aber in diesem Moment war ich davon überzeugt, dass wir jedes Problem gemeinsam schon bewältigen würden. So, wie wir es immer getan hatten.

♡ KAPITEL 1 ♡

Das hörte sich gar nicht gut an. »Du meintest, es könnte ein neuer Schädling sein?«, erinnerte ich mich an das, was er mir in der Nachricht geschrieben hatte.

»Das ist nur die naheliegendste Vermutung«, warf Paolo ein. »Angelo hat dort einen Käfer entdeckt. Wir haben ihn sonst noch nirgends gesehen und wissen auch noch nicht, um welche Art es sich handelt. Ob er wirklich der Auslöser oder nur eine Randerscheinung ist, können wir nicht sagen.« Er sprach in einem fast zivilisierten Tonfall, aber der unterdrückte Groll in seiner Stimme war trotzdem nicht zu überhören.

Ich versuchte, das bestmöglich zu ignorieren. »Habt ihr schon Proben eingeschickt?« Es gab ein Labor in Catania, das sich um alle Belange kümmerte, die den Weinanbau betrafen. Zweimal im Jahr schickte Papà Bodenproben dorthin, um die Nährstoffversorgung zu kontrollieren. Aber sie kümmerten sich auch um außergewöhnliche Vorfälle.

»Was denkst du denn? Wir sind doch schließlich keine Anfänger.« Paolos dunkle Augen sprühten Funken in meine Richtung, als er bemüht ruhig ergänzte: »Die Ergebnisse werden wir aber erst in einigen Tagen erhalten.«

»Ich haben den Käfer mitgenommen, ich kann ihn dir zeigen, wenn du magst«, ging Angelo dazwischen, der offensichtlich spürte, dass die Stimmung zu kippen drohte. Er war schon früher der ruhige Pol unter uns dreien gewesen und hatte stets versucht, Streitigkeiten zwischen Paolo und mir im Keim zu ersticken.

»Gern. Ich habe in den letzten Jahren einige Schädlinge zu Gesicht bekommen, die ich vorher aus Sizilien nicht kannte. Vielleicht ist mir so einer irgendwo schon mal begegnet.«

Paolo stieß ein verächtliches Schnauben aus. »Du denkst wohl auch, du weißt jetzt alles besser, nur weil du drei andere Weingüter gesehen hast. Währenddessen waren wir hier, vor Ort, und haben uns mit unserem Weinberg direkt beschäftigt.« Kopfschüttelnd verließ er die Küche.

Perplex sah ich ihm hinterher. Ich hatte gehofft, wir könnten das, was auch immer da zwischen uns schief lief, endlich hinter uns lassen, nachdem ich mehrere Jahre weg gewesen war – auf *fünf* Weingütern, in *vier* Ländern. Aber da hatte ich mich wohl getäuscht, er nahm mich noch immer nicht für voll.

Ich war hin- und hergerissen. Sollte ich Paolo die Meinung sagen oder lieber bei Angelo bleiben?

Wenn Emilia Paolo zur Rede stellen soll, lies weiter in Kapitel 6, wenn Emilia sich lieber Angelo zuwenden soll, lies weiter in Kapitel 5.

die ich von meinem besten Freund aus Kindheitstagen gewohnt war. »Danke, dass du mich darüber nicht im Dunkeln gelassen hast.«

Angelo verzog den rechten Mundwinkel zu dem für ihn typischen halben Lächeln: »Du weißt doch, dass du immer auf mich zählen kannst.«

Papà stieß einen Seufzer aus: »Ich wollte nur nicht, dass du dir Sorgen machst. Du solltest dein Praktikum nicht abbrechen.«

Ich war ihm nicht böse, ich wusste ja, dass er es nur gut mit mir meinte. »Ich habe es nicht *abgebrochen*«, stellte ich klar, »ich werde es beenden, sobald hier alles geklärt ist und du wieder auf den Beinen bist.« In drei Schritten war ich bei ihm und ging vor ihm in die Hocke, tastete nach seiner Hand. Sie war warm und ihr Griff so fest, wie ich es gewohnt war. »Ich hätte sowieso keine Ruhe gehabt, wenn ich in Frankreich geblieben wäre. Lass mich dir helfen, solange du außer Gefecht gesetzt bist, und danach gehe ich zurück, um mein Praktikum abzuschließen.«

Das war mir wichtig. Es war immer mein Traum gewesen, nach meinem Studium der Önologie einige Zeit im Ausland zu verbringen. Ich wollte lernen, wie andere Weingüter in ganz Europa agierten. Und genau das hatte ich die letzten viereinhalb Jahre getan. Das Weingut der Dubois in Frankreich war meine letzte Station gewesen. Ich wollte meine Zeit dort bis zum Ende nutzen.

Aber Papà würde immer vorgehen.

Er tätschelte meine Hand. »Ich würde dich nie wegschicken, das weißt du. Natürlich kannst du bleiben, aber ich weiß auch, wie wichtig es dir ist, diese Erfahrungen im Ausland zu machen. Ich möchte dich nur dabei unterstützen, so viel wie möglich mitzunehmen.«

Ich nickte lächelnd. »Keine Angst.«

Ich wollte noch etwas sagen, aber in dem Moment hörte ich draußen ein Auto vorfahren. Papà griff nach seinen Krücken, drückte sich vom Stuhl hoch und gab mir zum Abschied einen Kuss auf die Wange: »Wir sehen uns heute Nachmittag wieder, *cara mia,* ich muss jetzt zur Physio.«

Er warf Paolo und Angelo einen Blick zu: »Bringt Emilia bitte auf den aktuellen Stand.« Dann humpelte er etwas wackelig davon, blieb an der Tür jedoch noch einmal stehen und drehte sich zu uns um: »Und seid bitte nett zueinander.«

Sobald er weg war, wandte ich mich Angelo und Paolo zu. »Also, was genau ist hier los?«

Angelo fuhr sich mit einer Hand durch die Haare. »Wir wissen es noch nicht genau. Zum Glück betrifft es bisher nur die Reben auf dem unteren Südhang. Die Blätter sind deutlich kleiner als für diese Jahreszeit üblich, und auch die Trauben sind zu klein und ihre Haut ist teilweise verschrumpelt.«

Kapitel 2

Hinter uns hupte jemand, gleichzeitig war das Aufheulen eines Mopeds zu hören, das an uns vorbeiraste. Eilig sah Angelo nach vorne und fuhr los. Er räusperte sich. Bildete ich es mir nur ein, oder waren seine Wangen gerötet?

»Ich sollte wohl besser auf die Straße schauen«, sagte er schließlich fast beschämt.

Ich lachte leise, während Wärme in meine Wangen kroch. Den Kopf an das Beifahrerfenster gelehnt, ließ ich die Landschaft draußen an mir vorbeiziehen.

Zwanzig Minuten später trafen wir im Gartencenter von Catania ein. Angelo parkte den Pick-up im hinteren Bereich, wo weit und breit keine anderen Autos standen, was mich lächeln ließ. Das hatte er früher schon immer gemacht.

»Hast du immer noch Angst, dass jemand das Auto beschädigen könnte, wenn du neben einem anderen Wagen parkst?«

Angelo hatte gerade den Führerschein gemacht und sich sein erstes eigenes Auto gekauft, als jemand auf einem Supermarktparkplatz eine fette Delle in seiner Fahrertür hinterlassen hatte. Und natürlich war der Unfallverursacher einfach abgehauen und Angelo auf den Kosten sitzengeblieben.

Entschuldigend zuckte er mit den Schultern. »Wenn es möglich ist, parke ich immer weit weg von anderen Leuten. Sind ja nur ein paar Schritte mehr.«

Lachend hüpfte ich aus dem Pick-up. »Eher ein paar Kilometer.« Gemeinsam liefen wir über den riesigen Parkplatz zum Eingang. Es war ordentlich was los. Am Eingang zum Center machten wir einem älteren Ehepaar Platz, das uns mit einem Einkaufswagen voller Zitronenbaumsetzlinge entgegenkam. Im Inneren des Marktes tummelten sich Kunden in der Abteilung mit den Orchideen, und auch an der Kasse hatte sich bereits eine Schlange gebildet.

Wir ließen den geschäftigen vorderen Bereich hinter uns und gingen den breiten Hauptgang fast bis nach hinten durch, wo es die speziellen Erden gab. »Weißt du noch, wie wir uns hier mal vor deinem Papà versteckt haben?«

»O mein Gott«, prustete ich los, »das ist ewig her.« Ich wusste gar nicht mehr, wie alt wir damals gewesen waren, aber wir waren definitiv noch nicht in der Schule. Angelo hatte die Tage bei uns verbracht, wenn seine Mutter ihre Schichten im Krankenhaus gehabt hatte. Normalerweise hatten wir dann im Haus Fangen oder Verstecken gespielt, bis meine Mamà uns nach draußen scheuchte, weil wir ihr mit unserem Geschrei auf die Nerven gingen, oder wir hatten im Baumhaus so getan, als wären wir Piraten und mit unserem Schiff auf hoher See.

Doch an diesem Tag mussten wir Papà hierher begleiten, weil Mamà einen Termin hatte und niemand ›››

Kaum hatte ich das Haus verlassen, vernahm ich Schritte hinter mir. »Warte«, rief Angelo, »ich komme mit.« Sofort blieb ich stehen und warf ihm den Autoschlüssel zu. Mit einer Hand fing er ihn lässig auf. »Willst du nicht fahren?«

Ich schüttelte den Kopf und steuerte die Beifahrerseite an. »Du bist immer lieber den Pick-up gefahren und als Beifahrerin kann ich mich um die Musik kümmern.«

Mit einem Rumpeln erwachte der Wagen zum Leben und ich fummelte am Radio herum, bis ich einen passenden Sender gefunden hatte. Wir folgten der gewundenen Straße den Berg hinunter, passierten Taormina und bogen dann auf die Hauptstraße Richtung Catania ab. Der warme Wind wehte durch das geöffnete Fenster zu uns ins Wageninnere, und ich atmete tief den bekannten Geruch nach Meer und Zitronen ein.

»Wie war deine erste Nacht zurück zu Hause?«, fragte Angelo irgendwann in die Stille hinein.

Lächelnd drehte ich mich zu ihm um. »Ich hab geschlafen wie ein Stein.« Kaum hatte mein Kopf gestern das Kissen berührt, war ich auch schon weggedriftet. »Ich bin wirklich froh, wieder hier zu sein. Mir war gar nicht bewusst, wie sehr ich mein Zuhause vermisst habe.«

Kurz wandte Angelo den Kopf in meine Richtung, ehe er zurück auf die Straße sah. »Natürlich hast du mich vermisst.«

Ich lachte und schlug auf seinen Oberarm. »Von dir war keine Rede, ich habe mein Zuhause gemeint, wie ich gesagt habe. Am allermeisten natürlich Papà.«

Angelo warf mir einen schmunzelnden Blick zu. »Red dir das ruhig ein, wenn es dir damit besser geht.« Ich verdrehte die Augen und er wurde wieder ernst. »Was genau schwebt dir denn jetzt vor?«

»Ich würde gern einen der betroffenen Rebstöcke ausbuddeln und auf dem Testfeld wieder einsetzen. Dann können wir beobachten, ob er sich mit der Zeit erholt und ob wir die restlichen Rebstöcke retten können, sobald wir das Problem identifiziert und behoben haben. Mir ist klar, dass es vermutlich keine kurzfristige Lösung gibt«, schob ich schnell hinterher, »aber dann wissen wir wenigstens, ob wir die Reben grundsätzlich retten können oder sie komplett neu pflanzen müssen.«

An einer roten Ampel hielten wir an und Angelo drehte sich zu mir um: »Das klingt sinnvoll und vorausschauend. Du scheinst dir wirklich Gedanken darüber gemacht zu haben, wie wir das Problem angehen können. Das gefällt mir.« Zu allem Überfluss zwinkerte er mir zu. Der Atem stockte mir und Gänsehaut breitete sich auf meinen Armen aus. Es war nicht so, als hätte Angelo mir noch nie ein Kompliment gemacht oder mich für meine Arbeit gelobt, aber irgendetwas war heute anders. Eindringlicher, als hätte sich etwas zwischen uns verschoben.

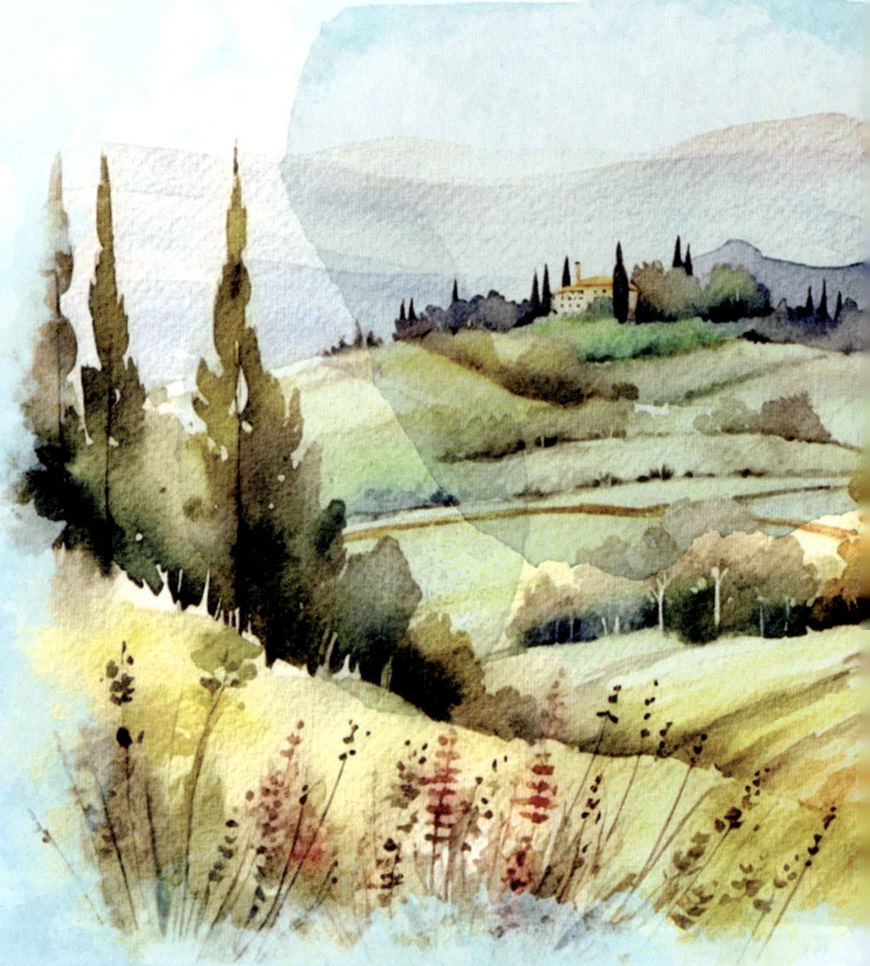

Doch Angelo schien das Lachen im Hals stecken geblieben zu sein. »Emilia ...«, raunte er.

»Schon gut«, unterbrach ich ihn. »Der hatte wohl nie einen besten Freund, mit dem er in Erinnerungen schwelgen konnte!«

War das alles gewesen, was da gerade passiert war? Hatten wir einfach nur eine Menge nachzuholen, obwohl wir uns die letzten Jahre regelmäßig über Textnachrichten ausgetauscht hatten? Das würde doch Sinn ergeben, oder? Aber etwas in mir zog sich zusammen, als wollte es gegen diesen Gedanken protestieren. Als wäre da noch mehr und ich müsste nur genauer hinschauen.

»Komm, lass uns holen, was wir brauchen«, sagte ich stattdessen und zog Angelo weiter.

Lies weiter in Kapitel 7.

♡ KAPITEL 2 ♡

uns beaufsichtigen konnte. Zwar hatten wir Papà versichert, dass wir auch eine Stunde allein klarkämen, aber wer vertraute schon zwei Kindern?

Anfangs hatte Papà aufgepasst wie ein Luchs, hatte mich in den Einkaufswagen gesetzt und Angelo an der Hand gehalten. Bis er einen befreundeten Winzer getroffen hatte und die beiden ins Reden gekommen waren. Das war unsere Chance gewesen und wir hatten sie natürlich sofort ergriffen.

»Ich sehe es noch genau vor mir, wie wir zwischen den Palmen vor ihm davon gekrabbelt sind.« Schalk blitzte in Angelos Augen auf.

Ich kicherte. »Und dann haben wir uns in der Tierfutterabteilung versteckt. Papà war völlig aufgelöst. Und fuchsteufelswild, als er uns gefunden hat.« Heute verstand ich natürlich, dass er eine Riesenangst um uns gehabt hatte, aber damals war mir seine Reaktion übertrieben vorgekommen.

»Meine Eltern haben mich zu einer ganzen Woche Hausarrest verdonnert.« Angelo ließ den Einkaufswagen stehen und sah sich zwischen den Erden um.

»Ich hab sogar zwei bekommen. Ich war so sauer«, grinste ich.

»Du hast mir wirklich gefehlt, weißt du«, sagte Angelo plötzlich ernst und stieß mich sanft mit der Schulter an.

Ein Kloß bildete sich in meinem Hals, denn so was hatte er noch nie zu mir gesagt. Selbst in den vergangenen fünf Jahren nicht, obwohl wir ständig über WhatsApp kommuniziert hatten. Zwar war mir bewusst gewesen, dass uns viel verband, denn egal, wann ich Angelo geschrieben hatte, es vergingen kaum fünf Minuten, bis er mir antwortete. Aber dass ich ihm gefehlt hatte? Das war eindeutig neu und sorgte für ein aufregendes Prickeln in meinem Magen.

»Du hast mir auch gefehlt.« Es kam nur leise über meine Lippen, aber in Angelos Augen erkannte ich, dass er mich trotzdem gehört hatte. Seine Mundwinkel hoben sich, was ich sofort erwiderte. Und dann standen wir da. Mitten in der Abteilung für die Erden und grinsten uns einfach nur an.

»Sorry, darf ich da mal dran?«, fragte plötzlich eine fremde Stimme neben mir und ein älterer Herr drängelte sich zwischen uns. Ich geriet ins Taumeln, doch bevor ich hinfallen konnte, griff Angelo meine Taille und zog mich an seine harte Brust. »Hey!« rief er dem Mann hinterher, der jedoch bereits nach einem Sack Erde gegriffen hatte und sich von uns abwandte.

Hitze schoss mir in die Wangen, ehe ich mich bei Angelo unterhakte und ihn wegzog. Wie peinlich! Wie lange hatten wir dort in der Abteilung herumgestanden? Und wann waren wir überhaupt stehengeblieben? Ich hatte das gar nicht realisiert, so eingenommen war ich von Angelo gewesen.

»Oh mein Gott«, kicherte ich.

Kapitel 3

Wir lachten, dann mischten wir uns unter die Leute, die gekommen waren, um den Saisonabschluss mit uns zu feiern. Überall entdeckte ich fröhliche Gesichter. Giorgia, die alte Dame Rosa, bekannte Gesichter aus Taormina, die sich zwischen die Touristen gemischt hatten. Sie alle standen bei einem Glas Wein und guten Gesprächen beisammen. Das war es, was ich liebte. Dieses Zugehörigkeitsgefühl.

Angelo trat mit seiner neuen Freundin Carla auf mich zu. Nachdem ich offiziell mit Paolo zusammengekommen war, hatten wir lange geredet und beschlossen, Freunde zu bleiben. Darin waren wir am stärksten. Kurz darauf hatte Carla ihm den Kopf verdreht. Sie war Kitesurf-Trainerin und hatte ihn bei dem vermasselten Wettkampf beobachtet. Sie hatte angeboten, ihn professionell zu coachen, und mittlerweile waren die beiden so viel mehr als Trainerin und zukünftiger Wettbewerbsgewinner.

»Das haben wir ganz gut hinbekommen, oder?« Stolz ließ Angelo seinen Blick über den Hof gleiten. Die Sonne war untergegangen und unzählige bunte Lämpchen erleuchteten den Platz.

»Wenn wir zusammenhalten, werden wir alles schaffen«, sagte ich aus voller Überzeugung. Ich wusste, dass ich mich auf Angelo, Paolo und Papà immer verlassen konnte. Wie ich hatten sie nur das Beste des Hofs im Sinn.

Ich ließ Angelo mit seiner Freundin allein und ging weiter durch die Menge, bis ich unweigerlich wieder bei Paolo landete. Meine Schritte führten mich immer automatisch zu ihm, auch wenn ich eigentlich nicht wusste, wo er sich genau befand.

Er legte einen Arm um mich und ich schmiegte mich an seine Brust. Das war der Platz, von dem ich nie wieder wegwollte. An seiner Seite könnte ich auch den ärgsten Sturm überstehen. Er beugte sich zu mir herab. »Ich bin froh, dass wir uns gefunden haben«, murmelte er mir ins Ohr.

Ich sah zu ihm hoch, in diese gütigen, dunkelbraunen Augen, die mir so vertraut geworden waren. Das Lächeln breitete sich ganz ohne mein Zutun auf meinen Lippen aus. Anstelle einer Antwort küsste ich ihn.

Ein tiefes Grollen ertönte und die Erde unter meinen Füßen erzitterte. Ich wusste genau, was das zu bedeuten hatte und blickte hoch, zum Krater des Ätna, aus dem genau in diesem Moment eine Feuerfontäne in den Himmel schoss. Aus der Entfernung wirkte es, als würde der Ausbruch unseren Weinberg nicht treffen, aber selbst wenn es so sein sollte, würden wir auch dieses Problem gemeinsam meistern.

Zudem schien es fast, als würde selbst der Vulkan uns zustimmen.

ENDE

♡ KAPITEL 3 ♡

3 Monate später …

Du hast es geschafft.« Papà legte einen Arm um meine Schultern und drückte mir ein Glas Wein in die Hand. Ich hatte ihn schon lange nicht mehr so glücklich gesehen.

»Das ist genauso dein Verdienst«, rief ich über die laute Musik hinweg und stieß mit ihm an. Wir feierten jedes Jahr ein großes Fest, wenn die Lese vorbei war. Nicht nur mit unseren Mitarbeitenden, sondern auch mit unseren Freunden und Gästen aus Taormina. Diesmal hatten wir den Termin nach hinten verlegt, um zuerst die Arbeiten am Südhang beenden zu können. »Und auch der von Angelo und Paolo.«

Als wäre das sein Stichwort gewesen, tauchte Paolo neben mir auf. Er legte mir einen Arm um die Schultern und drückte mir einen Kuss auf die Wange. Sofort spielten die Schmetterlinge in meinem Bauch verrückt, dabei sollten sie mittlerweile daran gewöhnt sein. Seit drei Monaten waren wir nun ein Paar und noch immer genauso verliebt wie am ersten Tag. Auch wenn ich im Nachhinein darüber schmunzeln musste, wie lange ich gebraucht hatte, um den Wirbelwind an Gefühlen, den ich nach meiner Rückkehr für Paolo empfunden hatte, als Liebe zu identifizieren. Dass wir uns immer noch gegenseitig widersprachen, hatte sich nicht geändert, aber jetzt hatten unsere Wortgefechte immer etwas Neckendes.

»Das haben wir alles nur dir zu verdanken, *amore*. Erst mit deiner Rückkehr haben wir realisiert, dass ein neuer Schädling gar nicht das Problem war.«

Wir hatten einen Teil der Trauben retten können und insgesamt ein ordentliches Ergebnis eingefahren. Für die kommende Saison wollte ich mit dem veganen Wein eine erste Neuerung umsetzen, und ich hatte alle von meinem Vorhaben überzeugen können. Paolo war der Erste gewesen, der hinter mir gestanden und mich ohne Zögern unterstützt hatte.

Ich wandte mich ihm zu und versank in seinen wundervollen dunklen Augen. »Ich bin mir sicher, dass ihr auch ohne mich auf den Auslöser gekommen wärt.«

Ein liebevolles Lächeln umspielte seine Lippen. »Aber mit dir hat es mehr Spaß gemacht. Wir haben uns gegenseitig angespornt, um eine Lösung zu finden. Und ganz nebenbei haben wir uns ineinander verliebt, daher kann eine Lösung, an der du nicht beteiligt bist, doch gar keine erfüllende sein.«

Wie immer ließ diese Aussage etwas in mir schmelzen. »Naja, ich bin froh, wie alles am Ende gekommen ist.« Ich beugte mich vor, um ihn zu küssen. Er legte einen Arm um mich, zog mich eng an sich und vergrub seine Nase in meinen Haaren. »Du musst echt langsam lernen, meine Komplimente anzunehmen.«

Kapitel 4

»Zeig mir noch mal die Fotos«, bat Papà.

Ich entsperrte erneut mein Handy und er wischte zu einem Bild, zoomte es heran und zeigte uns die festen, gelblich-weißen Kristalle auf dem Vulkangestein. »Diese Ablagerungen sehen nicht neu aus.«

»Das ist mir auch schon aufgefallen«, stimmte ich ihm zu. »Deswegen bin ich nicht sicher, ob der Schwefelaustritt überhaupt etwas zu bedeuten hat. Vielleicht ist er seit Jahren da und betrifft unsere Rebstöcke gar nicht. Aber gerade, weil wir aktuell diese Probleme haben, sollten wir das nicht einfach abtun, ohne es untersuchen zu lassen.« Frustriert stieß ich die Luft aus. Wir waren wirklich kein Stück weitergekommen mit unseren bisherigen Erkenntnissen.

Dann fiel mir noch etwas ein. »Übrigens habe ich mir die Pflanzen auf dem Hang genau angesehen, aber ich konnte keine fremden Käfer entdecken.«

»Wir haben auch noch mehr Bodenproben, die wir untersuchen lassen wollen.« Paolo hielt die Tasche mit den übrigen Glasröhrchen hoch. »Damit lässt sich vielleicht herausfinden, ob der Schwefel eine Auswirkung auf die Reben hat.«

Seine Stimme löste ein wohliges Gefühl in mir aus. Ich musste mich regelrecht davon abhalten, mich zu ihm umzudrehen. Von seiner Feindseligkeit war jedenfalls nichts mehr zu spüren. Und das gefiel mir mehr, als ich zugeben wollte.

Besser, ich konzentrierte mich wieder auf das Gespräch: »Wir müssen auch die Behörden informieren.«

Papà nickte, stemmte sich aus seinem Stuhl hoch und griff nach den Krücken. »Das übernehme ich. Schickst du mir die Bilder bitte gleich per Mail, dann leite ich sie an das vulkanologische Institut weiter. Ihr kümmert euch um den Versand der Proben.« Damit zog er sich in sein Büro zurück.

Stille senkte sich über uns. Plötzlich war da eine Spannung im Raum, die mir die Luft zum Atmen nahm. Angelo und Paolo sahen mich erwartungsvoll an, als wollten sie, dass ich die Führung übernahm. Und obwohl ich mir eigentlich genau das wünschen sollte, war es mir mit einem Mal zu viel.

Paolos Blick ruhte abwartend auf mir. Wie so oft konnte ich darin nicht lesen, was er dachte, dennoch raste ein Prickeln durch meinen Körper, das der Situation völlig unangemessen war. Wieso fühlte ich mich auf einmal so zu ihm hingezogen?

Angelo hingegen war immer mein Ruhepol gewesen, wie vorhin, mein *Fels in der Brandung,* doch als seine Hand wie zufällig die nackte Haut meines Arms streifte, geriet mein Herz plötzlich aus dem Takt.

Was war denn gerade mit mir los? Innerlich schüttelte ich über mich selbst den Kopf. So hatte ich noch nie für einen der beiden empfunden. Ich kannte sie schon so lange und Gefühle änderten sich doch nicht ▸▸▸

Zurück auf dem Hof ging ich mich zuerst frischmachen. Ich wusch meine Hände, sprühte mir etwas kaltes Wasser ins Gesicht und lief dann zurück nach draußen, wo sich Angelo und Paolo bereits austauschten. Als ich dazukam, brachten wir uns gegenseitig auf den aktuellen Stand.

Erst danach gingen wir zurück ins Haus zu Papà. Wir fanden ihn im Wohnzimmer vor dem Fernseher vor, das eingegipste Bein auf einem Hocker hochgelegt. Mit großen Augen sah er uns an, als wir eintraten.

Angelo hatte die ausgebuddelte Weinrebe in der Hand, Paolo hielt die Tasche mit den Bodenproben. Ich stand zwischen ihnen und ein bisschen kam es mir vor, als würden wir zum Rapport antreten, auch wenn das Schwachsinn war.

»Wir haben etwas entdeckt«, teilte ich Papà mit.

Der musterte uns der Reihe nach, ehe er mir auffordernd zunickte. »So seht ihr aus.« Obwohl ich sie nicht ansah, spürte ich Angelos und Paolos beruhigende Präsenz neben mir.

»Wir wissen nicht, ob es wirklich ausschlaggebend ist, aber direkt unterhalb der Rebstöcke, die sich schwächer entwickeln als der Rest, tritt Schwefel aus dem Boden.«

»Wie bitte?« Papà richtete sich auf.

»Ja, sieh her.« Ich zog mein Handy hervor und zeigte ihm die Bilder, die ich gemacht hatte. »Man sieht es hier ganz deutlich.«

»Hm.« Papà wischte zwischen den Fotos hin und her. Eine steile Falte erschien zwischen seinen Augenbrauen und er presste konzentriert die Lippen aufeinander.

»Ich hab hier auch ein paar Kristalle mitgebracht.«

Papà nahm das Glasröhrchen mit den Schwefelproben und betrachtete es eingehend. Er drehte es, um sie von allen Seiten mustern zu können, und ich wusste, dass seinem geschulten Blick nichts entging. Seine Augen verengten sich, aber er gab keinen Mucks von sich.

Es machte mich unerwartet nervös, dabei war mir klar, dass dafür gar kein Grund bestand. Ich war nicht für die verkümmerten Rebstöcke verantwortlich. Trotzdem raste mein Puls und ich sah Angelo und Paolo fragend an. Angelo lächelte mir aufmunternd zu und nickte unmerklich. *Wie ein Fels in der Brandung,* dachte ich unwillkürlich. Paolos Miene war wieder mal undurchdringlich, aber vielleicht war er nur genauso angespannt wie ich. Als ich mich gerade von ihm abwenden wollte, wurden seine Züge plötzlich weicher und seine Mundwinkel hoben sich leicht. Mein Herzschlag beruhigte sich unwillkürlich etwas.

»Ich hab das noch nie zuvor gesehen«, durchbrach Papà die Stille.

»Wir auch nicht.« Paolo nickte. »Dabei sind Angelo und ich wirklich oft dort.« Beide traten näher an mich heran. Meine nackten Arme begannen zu kribbeln, als wüsste mein Körper genau, wer mir gerade so nahe war. Ich schluckte.

KAPITEL 1

Arancini Catanesi

Die Arancini sind ein wichtiges Basisessen in der sizilianischen Küche und ein beliebtes Gericht im ganzen mediterranen Raum. Sie basieren auf Zutaten, die oft zur Basisausstattung in der Küche gehören. Traditionellerweise enthalten sie Ragù, eine Fleischsoße, sind aber ebenso in vegetarischen und veganen Variationen zu finden — der Kreativität sind da weder im italienischen noch im internationalen Raum wirklich Grenzen gesetzt. Der Name spielt zudem auf die Farbe an, denn nach dem Frittieren des Reisbällchens wird es goldfarben — ganz wie eine kleine Orange, die auf Italienisch ›arancia‹ heißt.

In der Gegend von Catania, der die hier vorgestellte Variante ihren Namen verdankt, haben sie typischerweise eine Kegelform, die — passend zur Location von Emilias Lovestory — dem Ätna Hommage zollt. Damit sind die Arancini wunderbar geeignet, um dich während des Mitfieberns mit Emilia noch mehr in ein sizilianisches Feeling zu versetzen.

ZUTATEN:
FÜR 4 PORTIONEN

· 500 g Risotto-Reis
· Gemüsebrühe
· 70 g Butter
· 2 Fäden Safran (optional)
· 4 EL Pecorino Siciliano, gerieben
· 200 g Hackfleisch
(veg. Alternative: Pilze, geputzt)
· ½ Zwiebel, geschält
· ½ Karotte, gewaschen
· Olivenöl
· etwas Staudensellerie, gewaschen
· ½ Glas Weißwein (alternativ: Wasser)
· 200 ml Tomatenpüree
· 100 g Tiefkühlerbsen
· 80 g Mozzarella-Käse, gerieben
· Salz, Pfeffer
· Mehl
· Wasser
· 100 g Semmelbrösel
· reichlich Bratöl

Dauer:
Zubereitungszeit ca. 75-90 Minuten
Schwierigkeit:
mittel

ZUBEREITUNG:

Zunächst den Reis nach Packungsanleitung in Gemüsebrühe bissfest garen. Den abgegossenen Reis mit der Butter, dem Safran sowie dem Pecorino in einen zweiten Topf geben und aufschlagen, bis er eine weiche, feste Konsistenz erhält. Dann auskühlen lassen.

Derweil das Ragù vorbereiten. Dafür zunächst Zwiebel, Karotte und Sellerie kleinschneiden, in Olivenöl anbraten, das Fleisch (bzw. in der vegetarischen Variante die Pilze) zugeben und eine Minute mitbraten. Das Ganze mit dem Weißwein oder mit Wasser ablöschen, anschließend das Tomatenpüree hinzufügen und mindestens 60 Minuten kochen. Die Erbsen zugeben und weitere 5 Minuten köcheln lassen. Zum Schluss den Mozzarella in dem Ragù schmelzen lassen. Mit Salz und Pfeffer abschmecken.

Den Reis dann portionsweise zu kleinen Kegeln formen, ein Loch in die Mitte drücken und das Ragù hineingeben, anschließend verschließen.

Semmelbrösel in einer flachen Schüssel bereitstellen, in einer weiteren flachen Schüssel etwa 8 EL Mehl und etwas Wasser zu einem dickflüssigen Teig glattrühren. Reichlich Öl zum Sieden bringen (Achtung! Immer die eigene Sicherheit beachten, denn heißes Öl kann sehr stark spritzen!), dann die Reisbällchen erst in den Teig tauchen, anschließend in den Semmelbröseln wälzen und im Öl goldbraun frittieren.

greifen, für ihn da zu sein. Doch jetzt kam es mir so vor, als würden mir die Probleme über den Kopf wachsen, und ich hatte keine Ahnung, wie ich sie lösen sollte.

»Denkt ihr, dass das was bringt? Das alles hier?« Meine Stimme klang fremd und gepresst in meinen Ohren.

Überrascht sahen Angelo und Paolo zu mir auf.

»Was ist, wenn der Schwefel nicht die Ursache ist und wir die komplette Ernte verlieren? Wenn wir gerade völlig im Dunkeln tappen und auf der falschen Fährte sind? Was, wenn wir die Probleme nicht rechtzeitig lösen können und sämtliche Reben sterben, sodass wir noch einmal ganz von vorne anfangen müssen?« In meinen Augenwinkeln begann es verräterisch zu brennen.

»Emilia, hey.« Angelo legte mir eine Hand auf den Arm. »Was auch immer unsere Reben bedroht, wir werden eine Lösung dafür finden. Das Labor wird uns eine Einschätzung zur Bodengesundheit geben, und daran werden wir anknüpfen können.«

»Genau«, stimmte Paolo zu. Er lehnte sich so nah zu mir, dass ich die hellen Flecken in seinen dunklen Augen sehen konnte. »Und wenn der Schwefel nicht die Ursache ist, dann suchen wir weiter, bis wir den Auslöser gefunden haben.«

Trotz der tröstenden Worte blieb die bleierne Schwere bestehen. Dieser Pessimismus war eigentlich gar nicht meine Art. Normalerweise packte ich die Dinge an, versuchte, Lösungen zu finden, und ließ mich auch von Rückschlägen nicht aus der Bahn werfen. Doch gerade kam es mir vor, als würde mir alles entgleiten. Dabei würde ich nie irgendwelche Probleme lösen, indem ich mich nur auf das Negative konzentrierte.

Hinter meinen Schläfen setzte ein dumpfes Pochen ein. Mit einem Mal wurde mir bewusst, dass auch Angelo und Paolo ihre Jobs verlieren würden, wenn wir keine Lösung fanden. Ich kämpfte hier nicht nur für Papà und mich, sondern auch für unser Personal. Das durfte ich nicht vergessen.

Wir aßen unsere Arancini auf, und obwohl sie wirklich lecker waren, schmeckte ich kaum etwas davon. Mein Kopf lief weiterhin auf Hochtouren, und ich wusste genau, dass mir aktuell nur eine Sache wirklich helfen würde. Ich brauchte frische Luft.

Nachdem wir fertig waren und das schmutzige Geschirr in die Spülmaschine gestellt hatten, verabschiedete ich mich von Angelo und Paolo. Nach einem kurzen Spaziergang würde ich sicher klarer sehen.

Du hast die Wahl: Soll Emilia lieber in die Berge gehen? Dann lies weiter in Kapitel 12. Oder will sie an den Strand fahren? Dann gehe jetzt weiter zu Kapitel 13.

plötzlich, nur weil man sich einige Zeit nicht gesehen hatte. Vermutlich war mein Körper einfach noch durch den Schock über den Unfall meines Papàs und die Sorge um unsere Ernte neben der Spur. Wahrscheinlich hatte diese innere Zerrissenheit, die mich gerade einnahm, gar nichts mit den beiden Männern vor mir zu tun.

Ja, das musste es sein. In einigen Tagen würde sich dieses Gefühlschaos sicher von selbst gelegt haben und dann könnte ich mich wieder auf das konzentrieren, was wirklich wichtig war. Vielleicht sollte ich meine Empfindungen für den Moment ignorieren, bis sie sich von selbst wieder reguliert hatten.

»Habt ihr Hunger?«, fragte ich daher betont fröhlich, um nach außen nicht zu zeigen, wie aufgewühlt meine Emotionen waren. »Giorgia bereitet Papà immer das Mittagessen vor, es ist sicher genug übrig.«

»Und wie«, sagten sie gleichzeitig, was uns alle zum Lachen brachte und die Spannung im Raum auflöste.

Während Angelo den Tisch deckte, holte Paolo bereits zwei Pfannen aus dem Schrank, um das Essen aufzuwärmen, und ich öffnete den Kühlschrank. Papa hatte offenbar schon gegessen, aber es war noch genug von den Arancini catanesi da, sizilianischen Reisbällchen mit einer vegetarischen Füllung.

»Ich schicke die Proben gleich nach dem Essen ins Labor«, versprach Paolo, als wir alle am Tisch saßen.

»Und ich setze die Rebe ins Testfeld«, fügte Angelo hinzu.

Dankbar nickte ich ihnen zu und rieb mir über die Augen. Als ich in Frankreich ins Flugzeug gestiegen war, war ich davon ausgegangen, dass sich die Probleme hier recht einfach lösen ließen und ich überwiegend zur Pflege von meinem Papà da wäre. Um ihm unter die Arme zu

Kapitel 5

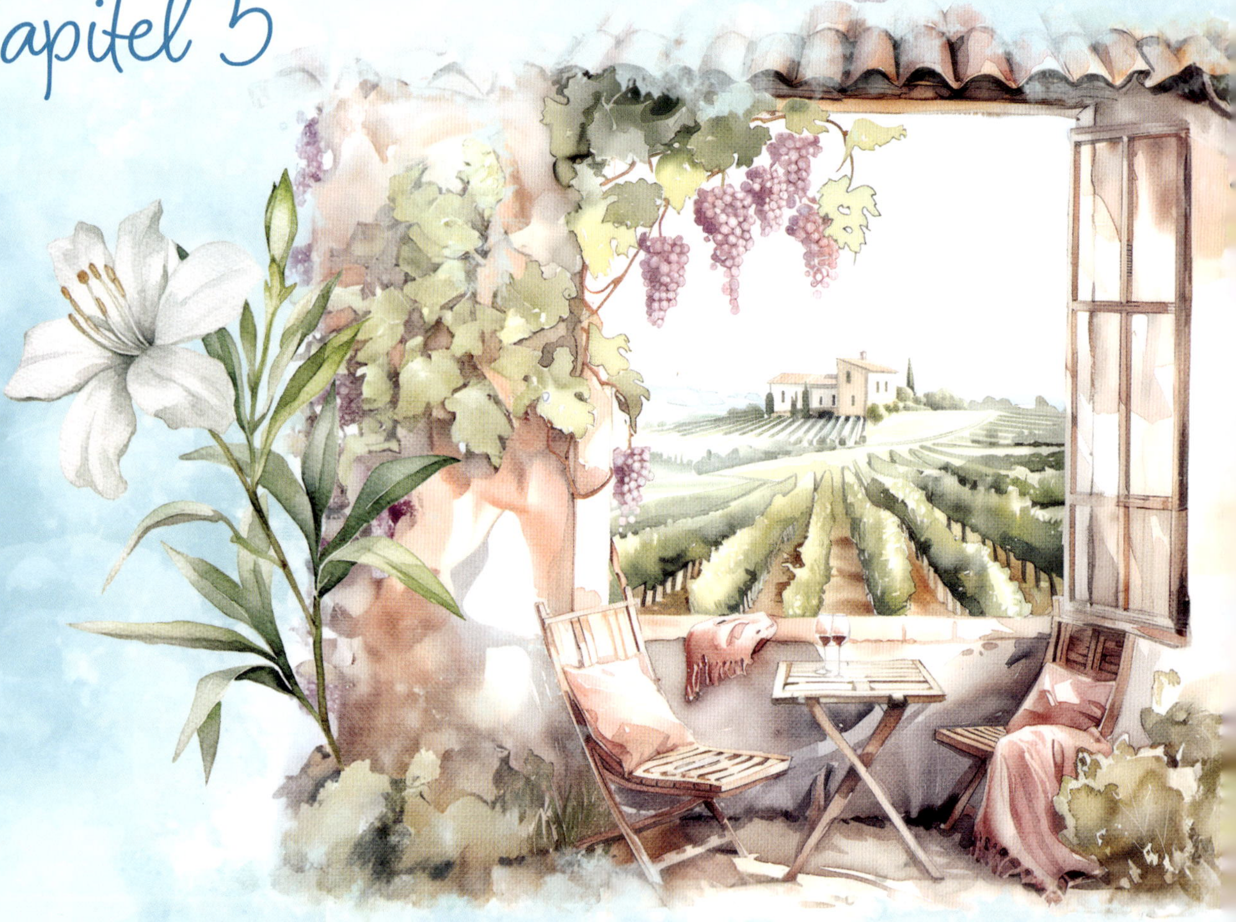

Leute dort nicht mit Herzblut bei der Sache sind, meine ich, aber das stimmt nicht.«

Ich war nicht stolz darauf, mit wie vielen Vorurteilen ich aufgebrochen war. Zuvor hatte ich nur die Winzer aus der sizilianischen Vereinigung gekannt. Alles kleine, familiengeführte Höfe, die sich meistens auf eine oder zwei Sorten spezialisiert hatten. Schon meine erste Station in Deutschland hatte mich jedoch zu einem Weingut nach Lindau gebracht, das fünfmal so groß wie unseres war. Ella, die Winzerin, war mit Anfang dreißig nicht viel älter als ich, doch sie führte bereits einen Betrieb mit achtzig Angestellten. Ich hatte deswegen angenommen, dass Ella das Weingut rein auf Profit ausgelegt hätte, aber ich hätte mich nicht mehr täuschen können. Natürlich musste sie ein Mindestmaß an Umsatz generieren, doch das war ja auch bei uns der Fall. Davon abgesehen legte sie viel Wert auf Forschung und auch auf Liebhaberprojekte, an denen sie mit Vorliebe herumexperimentierte.

Nachdem ich meinen Bericht beendet hatte, schüttelte ich über mich selbst den Kopf. »Ich sag mal so, ich habe meine Vorurteile ziemlich schnell abgelegt. Und das ist mir immer wieder passiert. Die Leute lieben, was sie tun, selbst wenn sie ihre Ernte an industrielle Winzer verkaufen, die daraus günstigen Wein für den Supermarkt herstellen.«

Angelo schmunzelte. »Für diesen Job muss man ja auch geschaffen sein. Bei Wind und Wetter auf den Weinbergen herumzukraxeln ist nichts, das man nur der mittelmäßigen Bezahlung wegen macht.«

Ich stimmte in sein Lachen ein. »Auch wieder wahr. Aber wie war es denn hier? Was habe ich verpasst?« Zwar hatten wir uns in den letzten Jahren regelmäßig Nachrichten geschickt und uns auch mal kurz getroffen, wenn ich zu Besuch hier gewesen war, aber eine richtige Unterhaltung hatten wir schon lange nicht mehr geführt. Etwas, das mir gefehlt hatte, wie ich jetzt bemerkte, während ich mich noch näher zu ihm lehnte. Sein warmer, vertrauter Duft nach Sandelholz umfing mich und ich atmete unauffällig etwas tiefer ein.

Nachdenklich legte Angelo die Stirn in Falten. »Nichts, was du nicht schon weißt, denke ich. Wenn etwas Wichtiges passiert ist, habe ich dir ja immer geschrieben, davon abgesehen ist alles beim Alten.«

»Deinen Eltern geht es auch gut?« Angelos Vater Sergio arbeitete ebenfalls bei uns auf dem Hof. Angelos Mutter Allegra arbeitete als Pflegerin im Hospedale Taormina, daher hatte sein Vater ihn manchmal mit zur Arbeit genommen. So hatten wir uns kennengelernt. Mittlerweile musste Angelos Vater aus gesundheitlichen Gründen kürzertreten und Angelo hatte seine Aufgaben nach und nach übernommen.

Auch Angelo starrte Paolo ungläubig hinterher. »Sorry deswegen.«

Ich schüttelte den Kopf. Allein durch Angelos Gegenwart fühlte sich die Situation weniger erdrückend an. »Du kannst ja nichts dafür, dass es zwischen Paolo und mir schon immer schwierig war.« Mir fiel mein Koffer wieder ein und ich seufzte. Ich hatte noch nicht mal ausgepackt und schon den ersten Streit mit Paolo hinter mir, das war ein neuer Rekord. Aber ich wollte nicht länger über ihn nachdenken. »Gibt es noch Kaffee?«, fragte ich und nickte in Richtung Esstisch.

Angelo grinste. »Es gibt immer Kaffee.«

»Manche Dinge ändern sich zum Glück nie.« Schon etwas besserer Laune setzte ich mich auf meinen Lieblingsplatz am großen Tisch. Die Küche duftete noch nach dem Rührei, das Papà zum Frühstück gegessen haben musste, und zwei Brioches lagen auf einer Platte. Ich griff mir eins und biss hinein. Es war buttrig weich und köstlich und schlagartig wurde mir bewusst, dass ich heute noch nichts gegessen hatte.

»Schieß los, wie ist es dir ergangen?«, fragte Angelo, als er sich mit zwei Tassen Kaffee ebenfalls an den Tisch setzte. In seinem Blick lag ehrliches Interesse und es war gleich wieder so vertraut mit ihm, dass sich ein warmes Gefühl in meiner Brust ausbreitete.

»So unfassbar gut.« Ich zog eine der Tassen zu mir heran, trank einen Schluck und spülte damit die Brioche-Reste herunter. »Aber anfangs war alles auch ziemlich einschüchternd. Ich war ja noch nie lange von zu Hause weg, noch dazu in Ländern, deren Sprachen ich nicht beherrsche. Und teilweise wird in den Weingütern echt ganz anders gearbeitet als bei uns, vor allem in den wirklich großen Betrieben.«

Im Vergleich war unser Betrieb recht klein. Wir produzierten keine Weine für Supermärke. Wir hatten nur einen Hofladen, der zweimal die Woche geöffnet hatte. Darüber hinaus belieferten wir diverse lokale Restaurants und ein paar Bars.

»Ich kann mir gut vorstellen, wie beängstigend das war. Ich fand es von Anfang an mutig von dir, diesen Schritt zu gehen.«

»Ach, Quatsch«, winkte ich ab, plötzlich verlegen. Die intensive Art, wie Angelo mich ansah, trieb mir die Röte ins Gesicht. Unwillkürlich lehnte ich mich näher zu ihm. »Wir müssen ja manchmal über unseren Schatten springen, um etwas zu erreichen. Und ich wurde überall so herzlich aufgenommen, dass sich mein Unbehagen schnell gelegt hat.«

Angelo nickte bedächtig. »Man hat ja auch gleich was zu reden, wenn man dieselbe Leidenschaft hat.«

Ich musste lächeln, aber er hatte ja recht. Egal, wo ich in den letzten Jahren gewesen war, die Leute gingen genauso in ihrer Arbeit im Weinanbau auf wie wir. »Dabei war das anfangs meine Befürchtung gewesen. Dass die

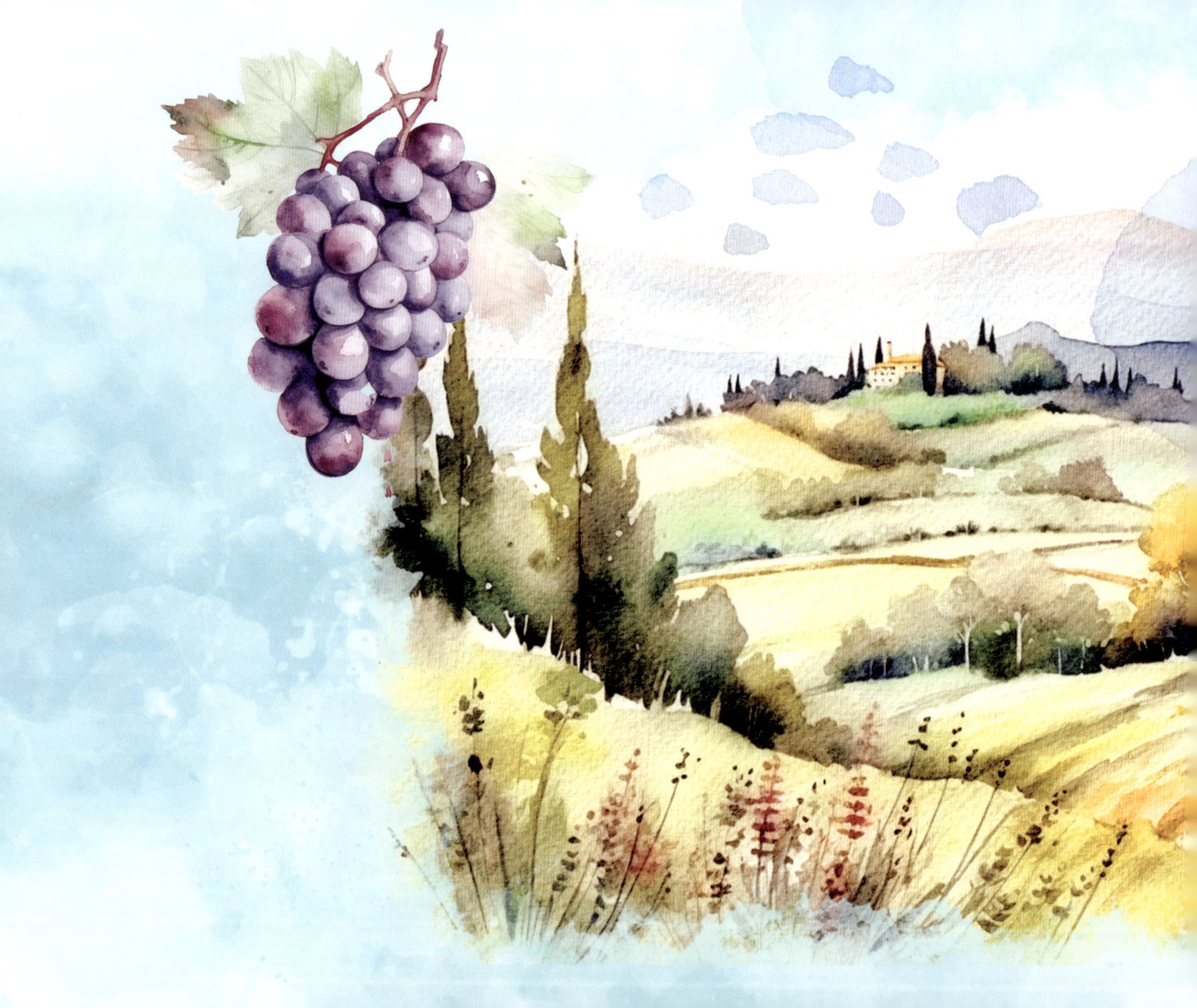

Ich spürte, wie meine Wangen warm wurden. Ich wusste nicht, ob es daran lag, dass ich so viele Ideen hatte oder weil ich mich bei Angelo sicher genug fühlte, sie einfach auszusprechen. Er würde mich nicht dafür verurteilen oder gar auslachen.

»Ich hab dir ja gerade schon von Ella in Deutschland erzählt. Gemeinsam mit einigen anderen Weinbauern aus Lindau leistet sie echte Pionierarbeit in der Forschung. Dort haben sie pilzresistente Rebsorten gezüchtet. Ich habe keine Ahnung, inwieweit man das bei uns umsetzen kann, weil ich natürlich unsere Rebsorten behalten will, aber das ist definitiv etwas, das ich angehen möchte.«

Überraschung zeichnete sich auf Angelos Gesicht ab, als hätte er damit nicht gerechnet. »Klingt spannend, aber das wäre ja eher ein Langzeitprojekt, wenn die Reben erst gezüchtet werden müssen.«

»Auf jeden Fall.« Zumal neu gepflanzte Rebstöcke die ersten drei Jahre gar keine Früchte trugen. Das war nichts, was sich sofort umsetzen ließ. »Ella hat mir jedenfalls angeboten, uns bei der Züchtung zu unterstützen, wenn wir Interesse haben.«

»Das ist ein sehr nettes Angebot.«

»Ach, und in Frankreich haben die Dubois neuartige Bewässerungssysteme eingeführt. Mithilfe von Sensoren wird dort zuerst die Bodenfeuchte in der Tiefe bestimmt und danach nur so viel bewässert, wie

wirklich nötig ist. Das ist nicht nur viel nachhaltiger, es schützt auch vor Fäulnis.« Sizilien war zwar grundsätzlich sehr trocken, aber gerade im Winter und Frühjahr gab es auch hier starke Regenfälle.

Hatte Angelo bisher immer begeistert gewirkt, so verzog er nun skeptisch den Mund. »Ich weiß nicht, ob sich so etwas auf dem vulkanischen Boden hier umsetzen lässt. Also nicht, dass ich es nicht toll finde, aber da muss man wohl zuerst mehr über die Sensoren herausfinden. Vulkangestein ist ja wie ein Schwamm, es gibt selbst dann noch Wasser ab, wenn es längst trocken wirkt.«

Mist, darüber hatte ich noch gar nicht nachgedacht. Lachend stupste ich ihn mit meiner Schulter an. »Siehst du, deswegen brauche ich dich, weil ich ansonsten früher oder später gegen die sprichwörtliche Wand laufen würde.«

Angelo lachte mit, wurde aber kurz darauf wieder ernst. »Ich finde deine Ideen super, aber sie helfen uns leider nicht bei unserem aktuellen Problem.«

Ich seufzte. Er hatte recht.

Lies weiter in Kapitel 22.

»Na ja.« Angelo zuckte betont lässig mit den Schultern, aber seine Stirn legte sich in noch tiefere Falten. »Papà war dieses Jahr auf Kur, aber seine Bandscheibe ist leider völlig verschlissen. Da lässt sich nicht viel machen.«

Ich legte meinen Arm um ihn, auch wenn ich wusste, dass ich damit nichts besser machte. Meine Brust zog sich schmerzhaft zusammen. Aber da war auch noch ein anderes Gefühl in mir. Etwas Warmes, das ich nicht so recht einordnen konnte. »Das tut mir so leid.«

»Es ist, wie es ist.« Kurz zog ein Schatten über sein Gesicht, doch schon einen Moment später hellte es sich wieder auf. »Lass uns lieber wieder von dir reden. Was hast du von den anderen Betrieben alles mitgenommen? Du musst doch vor Ideen nahezu übersprudeln.«

Das war mein Stichwort. Ich lächelte: »Ich hoffe, dir ist klar, dass du damit die Büchse der Pandora geöffnet hast. Weißt du, ich habe so viel gelernt und möchte einiges davon am liebsten sofort umsetzen. Also eher Kleinigkeiten«, fügte ich schnell hinzu. Auch wenn Angelo mir nie Vorwürfe gemacht hatte, war es mir wichtig, das zu betonen. »Was meine Vorfahren hier aufgebaut haben, die Traditionen, die in diesem Weingut stecken, will ich natürlich bewahren.«

Angelo hörte mir aufmerksam zu. »Niemand hier käme auf die Idee, dass du dem Weingut absichtlich schaden wollen würdest.«

Ich gab ein leises Schnauben von mir, denn bei Paolo hatte sich das gerade ganz anders angehört.

Als könnte er Gedanken lesen, warf Angelo ein: »Ignoriere Paolo einfach, er lässt seine schlechte Laune doch ständig an anderen Leuten aus. Also, was schwebt dir vor?«

Angelos ehrliches Interesse ließ meine Mundwinkel nach oben wandern. »Zuerst möchte ich eine neue Weinsorte einführen, die vegan produziert sein wird. Ich habe auf Rab in Kroatien gelernt, wie man Wein vegan filtrieren kann, ohne an Qualität einzubüßen, und gerade, weil das ein echt stark wachsender Markt ist, möchte ich den unbedingt bedienen.«

»Klingt gut. Was noch?« Auf die Ellbogen gestützt lehnte sich Angelo näher zu mir.

Kapitel 6

Vulkan Wein angebaut wird.« Er sagte das so abfällig, dass ich nun auch in den Angriffsmodus überging. Was war eigentlich sein Problem?

»Wie schön, dass du das schon vorab weißt, bevor ich dir überhaupt gesagt habe, welche Art von System mir vorschwebt!«

Paolo zuckte bloß mit den Schultern: »Ich habe mich damit bereits auseinandergesetzt. Ich weiß, was es gerade auf dem Markt gibt, und habe mit deinem Vater darüber gesprochen, dass wir die Bewässerungsanlagen erneuern müssen. Wir haben uns sogar schon einige Muster zuschicken lassen, aber die meisten funktionieren auf unserem vulkanischen Gestein nicht einwandfrei.«

Wie bitte? Damit nahm er mir komplett den Wind aus den Segeln, denn das hatte ich nicht gewusst. Zwar hatte ich während meiner Abwesenheit jede Woche mit meinem Vater telefoniert und auch immer gefragt, wie es auf dem Weingut lief, aber davon hatte er mir nie etwas erzählt.

Doch mir blieb keine Zeit, diese Information zu verdauen, denn Paolo polterte schon weiter. »Hast du wirklich gedacht, dass ich mich nicht auskenne, nur weil ich noch nie auf einem Weingut außerhalb Siziliens war? Du hältst dich für so viel besser und *weltoffener*, dabei hast du offenbar nichts gelernt, das man nicht auch im Internet nachlesen kann.«

Wut kochte tief in meinem Bauch hoch und ich ballte die Hände zu Fäusten. »Ich halte mich überhaupt nicht für etwas Besseres«, presste ich hervor. »Die Praktika haben in Absprache mit meinem Papà stattgefunden. Wir waren beide der Ansicht, dass unserem Weingut etwas frischer Wind guttun würde.«

»*Unserem* Weingut, na klar.« Paolo schüttelte den Kopf.

Ich verengte die Augen. »Was soll das denn jetzt wieder heißen?«

In seinem Gesicht arbeitete es. Unzählige Empfindungen huschten darüber, die ich jedoch nicht deuten konnte. Stattdessen presste Paolo die Zähne so fest aufeinander, dass seine Kiefermuskeln hervortraten, und schwieg.

Resigniert schüttelte ich den Kopf. »Dann eben nicht. Du musst nicht gut finden, was ich vorhabe, und du musst mich natürlich auch nicht leiden können. Aber ich bin jetzt zurück, zumindest vorübergehend, und wir müssen uns irgendwie arrangieren. Es wäre einfach nett, wenn du nicht bei jedem Wort, das ich von mir gebe, versuchst, meine Autorität zu untergraben.« Irgendwann würde ich diesen Betrieb vollständig übernehmen, und dann wäre Paolo mein Angestellter. Spätestens dann würde ich dieses Verhalten nicht mehr hinnehmen.

>>>

Die Wut, die in mir aufbrodelte, nahm mir die Entscheidung ab. Ich stürmte Paolo hinterher aus dem Haus. Die Sonne blendete mich und ich musste meine Augen mit einer Hand abschirmen, um zu erkennen, in welche Richtung er lief.

»Hey, warte!« Ich bekam seinen Oberarm zu fassen, doch Paolo wirbelte so schnell herum, dass ich instinktiv einen Schritt zurückwich.

»Was willst du noch?« Angriffslust stand in seinem Gesicht geschrieben und ich musste schlucken. Warum nur brannte mir in seiner Gegenwart stets eine Sicherung durch? Und was hatte er gegen mich? Zwar waren wir uns schon früher nicht grün gewesen, doch jetzt schien es mir, als hätte seine Abneigung gegen mich noch zugenommen. Oder kam es mir nur so vor, weil wir kaum Kontakt gehabt hatten, seit ich im Ausland war? Die paar Male, die ich zu Besuch zu Hause gewesen war, hatte ich Paolo, wenn überhaupt, nur im Vorbeigehen gesehen. Mehr als ein knappes Hallo hatten wir nie ausgetauscht, sondern waren uns lieber aus dem Weg gegangen. Aber das würde jetzt nicht mehr funktionieren. Wir mussten zusammenarbeiten, ob uns das passte oder nicht, und ich wollte das eigentlich nicht mit einem Streit beginnen.

Also nahm ich einen tiefen Atemzug, um meine angespannten Nerven ein wenig zu beruhigen. »Lass uns bitte darüber reden. Ich will dir beweisen, dass ich nichts vorhabe, das unseren Traditionen schaden könnte.«

Spöttisch verzog er den Mund. »Das wirst du mit Worten nicht schaffen.«

Ich verdrehte die Augen. »Du lässt mir ja gar keine Möglichkeit, es dir auf andere Weise zu zeigen. Ich bin kaum fünf Minuten zurück und ...«

»Eben«, unterbrach er mich und trat einen Schritt näher. So nah, dass ich nicht verhindern konnte, seinen Duft wahrzunehmen. Irgendwie erdig und frisch zugleich. »Du bist gerade zurück von diesen tollen Weingütern und hast jede Menge Ideen zu neuen Verfahren und neuen Techniken. Ist doch klar, dass du hier demnächst alles über Bord wirfst, wofür wir – dein Vater eingeschlossen! – jahrelang geschuftet haben.«

Langsam schüttelte ich den Kopf, weil ich nicht verstand, was genau Paolo mir vorwarf. »Aber ich will doch gar nichts ›über Bord werfen‹. Mir sind unsere Traditionen genauso wichtig wie dir! Ich habe die Praktika vor allem gemacht, um zu schauen, wo wir zum Beispiel unsere Arbeitsabläufe verbessern können. Etwa durch neue Bewässerungssysteme, die uns nicht nur Arbeit abnehmen und Kosten sparen würden, sondern auch gut für die Reben sind.«

Aufgebracht warf Paolo die Arme hoch. »Davon lässt sich das meiste bei uns doch gar nicht umsetzen, weil es auf dem vulkanischen Boden nicht richtig funktioniert. Aber das konnte dir in den anderen Ländern natürlich niemand sagen, weil dort nicht direkt *auf* einem aktiven

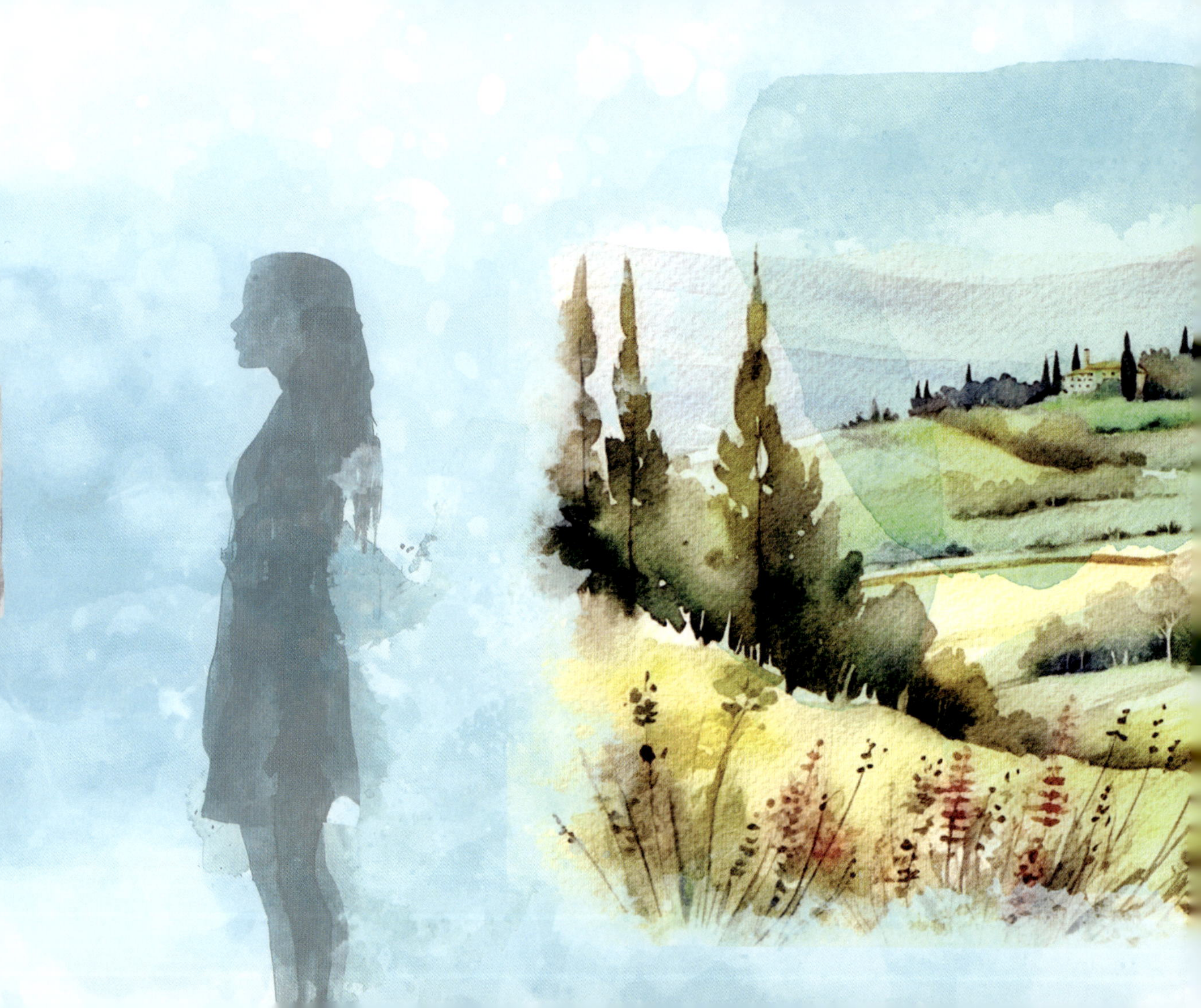

»Was soll ich denn machen, wenn du mir nicht sagst, was dein verdammtes Problem ist!« War das irgendeine Männerlogik, die ich nicht verstand? Mich mit Halbwahrheiten an der Nase herumzuführen, bis ich keine Lust mehr auf solche Spielchen hatte?

»Ich hätte das zwischen uns gerne aus der Welt geschafft«, wiederholte ich. »Wir müssen jetzt zusammenarbeiten und ich *werde* Neuerungen einführen, ob dir das passt oder nicht.« Eigentlich hätte ich es lieber wie Familie Dubois in Frankreich gemacht, die die Dinge in der Gemeinschaft besprachen und umsetzten. Aber wenn sich Paolo gegen alles wehrte, das ich sagte, würde das eben ohne ihn geschehen.

»Bis jetzt hast du ja keinen wirklich sinnvollen Vorschlag gemacht.«

Ich presste die Lippen fest aufeinander und versuchte, ruhig zu bleiben. Noch einmal würde ich mich von ihm nicht aus der Reserve locken lassen. Mir war klar, dass ich nicht alles, was ich im Ausland gelernt hatte, eins zu eins auf unseren Betrieb übertragen konnte. Aber ich hatte auch keine Lust, mir von Paolo alles schlechtreden zu lassen.

Mein Schweigen fasste er wohl als Bestätigung auf, denn jetzt grinste er süffisant: »Oder hast du außer neuen Bewässerungssystemen, die hier nicht funktionieren werden, noch etwas auf Lager? Vielleicht veganen Wein? Das würde zu dir passen.«

Ich zuckte zusammen, denn das hatte ich wirklich vor. Hier war ein wachsender Markt, mit dem wir eine komplett neue Klientel erschließen konnten. Aber das behielt ich lieber für mich, denn ich war mir sicher, dass die Überlegung bei ihm auf taube Ohren stoßen würde. »Egal, was ich sage, du bist ohnehin dagegen«, gab ich resigniert zurück. Auch wenn Paolo und ich schon früher aneinandergeraten waren, hatte ich nicht damit gerechnet, auf so viel Widerstand zu stoßen. Im Moment fehlte mir auch die Energie, mich noch weiter mit Paolo zu streiten.

Irgendetwas ging in ihm vor, denn der Sarkasmus war aus seiner Stimme verschwunden, als er in ruhigerem Tonfall erwiderte: »Vor allem wird das alles nicht das akute Problem lösen, das wir haben.« Damit drehte er sich um und ging davon, und diesmal hielt ich ihn nicht auf. Denn so ungern ich es zugab, er hatte recht. Bevor ich irgendetwas Neues umsetzte, mussten wir uns erst mal dem widmen, das aktuell unsere Rebstöcke bedrohte.

Lies weiter in Kapitel 23.

Ich sah, wie seine Kiefer arbeiteten und stellte mich schon auf weiteren Gegenwind ein, aber was schließlich herauskam, überraschte mich: »Wer sagt, dass ich dich nicht leiden kann?«

Ein leicht hysterisches Lachen kam mir über die Lippen. »Ist das dein Ernst? Seit du hier arbeitest, haben wir noch kein vernünftiges Gespräch geführt. Egal, was ich sage, du hast immer etwas dagegen oder nur ein müdes Augenrollen für mich übrig. Und jetzt willst du mir allen Ernstes weismachen, dass es nicht daran liegt, dass du mich nicht leiden kannst?« Mit verschränkten Armen baute ich mich vor ihm auf. Zwar war er einen Kopf größer, sodass ich meinen Kopf in den Nacken legen musste, aber ich war nicht bereit, klein beizugeben. Dazu war mein Zorn zu groß. Ich wusste nicht, was sein Problem mit mir war, hatte es noch nie verstanden, aber das musste jetzt ein Ende haben. Allerdings drang mir in diesem Moment erneut sein frischer Duft in die Nase und verwirrte mich.

Als Papà Paolo eingestellt hatte, hatte ich gerade in Palermo mit dem Studium begonnen. Anfangs waren wir uns nur selten über den Weg gelaufen, da ich nur an den Wochenenden zu Hause gewesen war. Aber schon da hatte er nie ein freundliches Wort für mich übriggehabt. Wenn ich einen Raum betreten hatte, hatte er schnellstmöglich das Weite gesucht. Und wenn er doch einmal geblieben war und ich Papà von meinen Kursen berichtet hatte, hatte er im Hintergrund schweigend die Augen verdreht. Als wäre alles, das aus meinem Mund kam, totaler Unsinn.

Richtig schlimm war es geworden, nachdem ich das Studium beendet und mich auf die Praktika vorbereitet hatte. Es war offensichtlich gewesen, dass ihm das nicht passte. Obwohl ich erwartet hätte, dass er froh sein würde, mich fünf Jahre lang nicht sehen zu müssen. Aber vielleicht zeigte das nur ein weiteres Mal, dass Paolo gegen alles war, das ich tat oder sagte.

»Herzlichen Glückwunsch, du hast mich durchschaut.« Seine Stimme triefte vor Sarkasmus. Ein Muskel zuckte in seiner Schläfe, als müsste er sich irgendwie zusammenreißen. Als würde ich ihn aus der Fassung bringen, dabei war es doch genau andersherum.

Kapitel 7

»Wir müssen da runter.« Angelo deutete auf den tieferen Bereich, dorthin, wo auch die kleine Hütte mit dem Werkzeug und anderem Material stand. Am Rand des Weinbergs stapften wir über unebenen Boden und ich stolperte fast über herumliegende Lavabrocken. Dann entdeckte ich es.

Die Blätter der Reben hier waren deutlich kleiner als oben. Als würden sie nicht genug Nährstoffe oder Wasser bekommen. Ich nahm ein Blatt zwischen die Finger, rieb darüber und schnupperte daran. Der Geruch war völlig normal, aber es war offensichtlich, dass etwas nicht stimmte.

Suchend drehte ich mich zu Angelo um. Nach allem, was er bisher erzählt hatte, war ich davon ausgegangen, dass die Reben voll mit Ungeziefer sein mussten. »Ich kann keine Käfer entdecken.« Also hatte Papà wohl recht mit seiner Vermutung.

»Stimmt, das ist mir gerade auch aufgefallen. Aber etwas stimmt trotzdem nicht. Dort unten ist es noch deutlicher zu sehen.«

Ich folgte Angelo weiter den Hang hinab, und je tiefer wir kamen, desto schlimmer wurde es. Unten waren die Blätter nicht nur um die Hälfte kleiner, als sie sein sollten, es hingen auch viel weniger an den Ästen. Die Rebstöcke wirkten fast schon kahl, so wie im Winter. Noch viel schlimmer sahen die Trauben aus. Die wenigen, die dran saßen, waren absolut mickrig. Käfer konnte ich weiterhin nicht entdecken, es sah auch eher aus, als hätten die Pflanzen eine Krankheit.

»Ich hab so was noch nie gesehen«, murmelte ich, mehr zu mir selbst als zu Angelo. Ich ging vor einer Rebe in die Hocke und hob die untersten Blätter hoch, um mir den Boden darunter anzusehen, aber auch das brachte nichts Ungewöhnliches zutage. Die Rohre des Bewässerungssystems lagen, wo sie sein sollten, der Boden war noch etwas feucht von der Wässerung heute Morgen. Alles, wie es sein sollte. Aber irgendetwas beeinträchtigte die Pflanzen. Dass ich nicht den Hauch einer Ahnung hatte, was das sein könnte, machte mir schwer zu schaffen. Es musste doch einen Grund dafür geben.

Ich stand auf und drehte mich im Kreis, aber natürlich brachte auch das mich der Lösung des Problems nicht näher.

Da drang ein seltsamer Geruch in meine Nase. Irgendwie faulig, wie nach verdorbenem Essen. Im selben Moment hob Angelo den Kopf: »Riechst du das?«

Ich nickte. »Woher kommt das?«

Er zuckte mit den Schultern, offenbar genauso irritiert wie ich. Ich drehte mich so, dass der Wind mir genau ins Gesicht blies, und blickte den Hang hinab.

Dort unten schien die Quelle zu liegen. Langsam ging ich abwärts und Angelo folgte mir in einer anderen Rebstock-Reihe. Wir ließen die Weinreben ▸▸▸

Haben wir alles, was wir brauchen?« Ich warf einen Blick in den Einkaufswagen. Spezialerde für Weinreben, dazu Dünger, Stöcke zur Stabilisierung und Draht zum Festbinden – alles, was wir brauchen würden, um einen Rebstock auf dem Testfeld einzugraben. Außerdem hatte ich eine wunderschöne Orchidee für Papà ausgesucht. Am liebsten hätte ich auch für mich welche besorgt, *aber zuerst musst du dein Praktikum noch zu Ende bringen,* erinnerte ich mich in Gedanken. Erst danach konnte ich mich zuhause wieder so einrichten, wie es mir vorschwebte.

»Ich denke schon. Es sei denn, du willst noch ein paar Pflanzen für dein Zimmer holen«, drang Angelos Stimme zu mir durch. Es war fast unheimlich, dass er nahezu denselben Gedankengang hatte wie ich.

Ich sah zu ihm hoch, in diese ockerfarbenen Augen, die mir so unfassbar vertraut waren. Angelo hielt meinem Blick stand und Gänsehaut breitete sich auf meinen Armen aus. Erneut war da eine Spannung zwischen uns, die mir fremd war und die ich nicht benennen konnte. Sie flirrte und trieb meinen Puls hoch, als stünde ich an einer Klippe, bereit zum Sprung ins Ungewisse.

Er senkte den Blick, unterbrach damit die Verbindung zwischen uns. Sofort spürte ich wieder die kühle Luft der Klimaanlage, die uns umgab. Mit einem Mal war ich mir nicht mehr sicher, ob die Gänsehaut nicht vielleicht doch daher rührte.

»Wir sollten bezahlen gehen.« Angelo schob den Einkaufswagen vor sich her in Richtung der Kassen. Noch etwas benommen folgte ich ihm. Ich hatte noch nie so auf meinen besten Freund reagiert. Selbst während der Schulzeit nicht, als ich einen kleinen Crush auf ihn gehabt hatte. Doch jetzt gerade konnte er mich offenbar mit nur einem Blick völlig aus der Bahn werfen. So sehr, dass ich zum wiederholten Mal nicht mehr realisiert hatte, dass wir noch mitten im Großmarkt standen.

Die Gänsehaut auf meinen Armen ließ langsam nach und zurück blieb nur ein schwaches Kribbeln, bei dem ich mir einreden konnte, dass es eine Einbildung war. An der Kasse angekommen, schüttelte ich auch den Rest der seltsamen Empfindungen ab, bezahlte und brachte mit Angelo alles zu unserem Pick-up. Nachdem wir die Einkäufe auf der Ladefläche verstaut hatten, fuhren wir auch schon los.

Als Angelo den Wagen an der Einfahrt zum Südhang unseres Weinbergs parkte, stand die Sonne schon hoch am Himmel. Wir stiegen aus und liefen den Rest des Weges zu Fuß.

Es war so heiß, dass mir der Schweiß über den Rücken lief, als wir unser Ziel erreichten, obwohl ein leichter Wind ging. Vor uns lag der Weinberg, am geneigten Hang, der sich der Sonne entgegenstreckte. Auf den ersten Blick sahen die Rebstöcke völlig normal aus.

mehr aufzufindenden Käfern zumindest ein Anhaltspunkt, dem wir nachgehen konnten. »In Ordnung. Lass uns an die Arbeit gehen.«

Wir teilten die Arbeit auf. Während Angelo eine Rebe mitsamt Wurzelstock ausgrub, was in dieser Hitze sicher kein leichtes Unterfangen war, machte ich ein paar Fotos von den Ablagerungen. Dann zog ich mithilfe eines Spatels mehrere Bodenproben, angefangen an der Stelle, wo der Schwefel austrat, bis dorthin den Hang hinauf, wo die Reben normal entwickelt schienen. Jede Probe füllte ich in ein Glasröhrchen, das ich fest verschloss und mit Edding beschriftete. Nachdem alles erledigt war, brachten wir das Werkzeug zurück in den Schuppen und packten den ausgebuddelten Weinstock in einen Pflanzbeutel, damit er nicht austrocknete. Anschließend machten wir uns wieder auf den Weg zum Auto.

Nachdem Angelo alles zu unseren Einkäufen auf die Abladefläche des Pick-ups gelegt hatte, stieg er neben mir auf der Fahrerseite ein.

Auch wenn wir einiges geschafft hatten, kam es mir noch nicht so vor, als wären wir der Lösung des Problems nähergekommen.

Mit einem Mal fühlte ich mich vollkommen ausgelaugt. Ich wusste nicht, ob es an der Hitze lag, an der langen Anreise gestern, die mir womöglich noch in den Knochen steckte, oder an etwas völlig anderem. Aus dem Augenwinkel betrachtete ich Angelo, der wie üblich nur Ruhe ausstrahlte. Und natürlich bemerkte er meine gedrückte Stimmung: »Alles in Ordnung?«

Ich blies mir eine Haarsträhne aus der Stirn. »Klar, ich wünschte nur, wir hätten das Problem längst gelöst«, sagte ich ausweichend.

Aber offensichtlich konnte ich ihm nichts vormachen. Er löste die Hand vom Schlüssel, den er gerade in die Zündung gesteckt hatte. Sanft legte er sie auf meine Schulter und ich konnte seine Wärme durch den dünnen Stoff meines T-Shirts spüren. »Alles wird wieder gut.« Ob er damit nur die Reben meinte oder noch viel mehr, ließ er offen.

Für einige Sekunden, die mir wie eine kleine Ewigkeit vorkamen, sahen wir uns nur an. Ich wurde entspannter, als würde Angelos Ruhe auf mich überschwappen. Schließlich nahm Angelo die Hand von meiner Schulter und startete den Wagen. »Lass uns erst mal zurückfahren.«

Lies weiter in Kapitel 4.

hinter uns und stapften über unwegsames, dunkles Vulkangestein, das teilweise mit Flechten überwachsen war. Je weiter wir liefen, desto schlimmer wurde der unangenehme Geruch.

»Da!«, meinte Angelo plötzlich. Er zeigte auf etwas zu seinen Füßen. Umgehend schloss ich zu ihm auf.

»Da tritt Schwefel aus.« Schon der beißende Geruch hätte es mir sagen sollen, aber diese weiß-gelblichen Ablagerungen auf dem schwarzen Gestein waren ein eindeutiges Zeichen.

»Kann der Wind das Schwefelgas zu den Rebstöcken wehen und die Probleme damit verursachen?«, überlegte ich laut.

»Keine Ahnung.« Angelo fuhr durch seine langen Haare. »Wissen wir überhaupt, ob das neu ist oder nicht schon immer hier war?«

Unschlüssig hob ich die Schultern. »Mir ist davon nichts bekannt«, gestand ich schließlich. »Ich werde Papà nachher fragen, ob er so etwas schon mal beobachtet hat. Aber in Anbetracht der Tatsache, dass uns die Reben wegsterben, sollte sich das unbedingt jemand ansehen.«

»Auf jeden Fall«, stimmte Angelo mir zu. »Lass uns ein paar Proben nehmen. Von hier unten und aus dem Boden um die befallenen Rebstöcke, die schicken wir dann ins Labor.«

Ich zog die Unterlippe zwischen die Zähne. »Wir sollten auch die Behörden informieren. Wurden in letzter Zeit ungewöhnliche Vorgänge am Ätna gemeldet?«

Angelo schnaubte. »Was ist am Ätna schon ungewöhnlich? Aber nein. Die ortsansässigen Vulkanologen haben zwar eine Reihe kleinerer Erdbeben verzeichnet, aber nichts, was uns Sorgen bereiten müsste.«

»Hm.« Das klang tatsächlich nicht nach etwas Außergewöhnlichem.

»Aber du hast recht, wir sollten das vulkanologische Institut über diesen Schwefelaustritt informieren. Vielleicht können sie uns wirklich weiterhelfen.«

Irgendwie bezweifelte ich das. Bei genauerer Betrachtung sahen die Ablagerungen doch aus, als gäbe es sie schon länger. Andererseits waren sie neben den nicht

Kapitel 8

Lava wieder schließen können. Das wurde in Island wohl schon erfolgreich erprobt. Wir müssen dann nur bei neuen Vulkanausbrüchen die Pflanzen im Auge behalten, ob solche Ablagerungen wieder auftreten.«

»Super. Könnten wir mit Bodensensoren arbeiten, die den Schwefelgehalt im Boden messen?«

Papà klopfte mir anerkennend auf die Schulter: »Das ist eine sehr gute Idee.«

Dann drehte ich mich zu Angelo um. Meinem besten Freund, zu dem ich eine völlig neue Verbindung aufzubauen begann. Das mir so vertraute halbe Lächeln, das seine Mundwinkel umspielte, verschaffte mir Schmetterlinge. »Haben die Bodenproben Aufschluss darüber gegeben, ob wir die Erde dort weiterhin verwenden können?«

»Ich habe mit dem Labor telefoniert und sie raten uns, die oberste Schicht auszutauschen, nur um auf der sicheren Seite zu sein.«

»Das klingt vernünftig und sollte machbar sein, oder?«, fragte ich an Papà gewandt.

»Ein Kinderspiel«, versicherte er mir.

Ich atmete erleichtert auf, bevor mir noch etwas anderes einfiel: »Aber was war dann mit diesem Käfer? Ist es nicht seltsam, dass der genau jetzt aufgetaucht ist?«

Angelo räusperte sich. »Nun ja, das kann ich aufklären. Ich hatte ganz vergessen zu erzählen, dass letzte Woche ein Anruf reinkam. Eine Familie hatte letztens eine Führung durch die Weinberge bei uns gemacht. Ihr Junge hat dabei seinen Rucksack mitten zwischen den Pflanzen verloren, in dem einige Gläschen waren, mit denen er Insekten gesammelt hat. Einige der Käfer müssen wohl entwischt sein.«

Ich konnte nicht anders, als zu lachen. »Das ist alles? Ein verlorengegangener Rucksack hat bei uns fast zu einer Existenzkrise geführt?«

Papà tätschelte meine Hand. »Es ist doch alles nochmal gutgegangen. Aber jetzt will ich nichts mehr von der Arbeit hören. Wir sollten darauf anstoßen, dass wir dieses Problem gelöst haben.« Er stand auf und bedeutete Angelo, mit zu unserem Weinkühlschrank zu kommen. Dabei fiel mir auf, wie viel sicherer er mittlerweile auf den Krücken unterwegs war.

Ein Kloß setzte sich in meiner Kehle fest. Wir hatten hier alles geklärt und eigentlich konnte ich guten Gewissens zurück nach Frankreich fliegen, um den Rest meines Praktikums abzuschließen.

Nur warum fühlte ich mich dann zerrissener denn je?

Hilf Emilia, sich dieser Zerrissenheit zu stellen! Soll sie sich für ihren ehemaligen Rivalen, Paolo, entscheiden, dann blättere jetzt zu Kapitel 18. Oder sind die Gefühle für ihren besten Freund, Angelo, stärker? Dann lies weiter in Kapitel 25.

Zwei Tage später saß ich gemeinsam mit Papà, Angelo und Paolo in unserer Küche und konnte mich nicht konzentrieren. Dabei war das hier wichtig. Paolo hatte die Untersuchungsergebnisse der Bodenproben erhalten und Papà das Fazit der Vulkanologen dabei. Ich sollte zuhören, damit wir gemeinsam eine Lösung finden konnten, aber nur Wortfetzen drangen durch den dichten Nebel in meinem Kopf, der aus den verwirrenden Gefühlen sowohl für Angelo also auch für Paolo bestand.

Eigentlich hatte ich mein Praktikum unterbrochen, um Papà unter die Arme zu greifen und bei den Problemen auf dem Weinberg zu helfen. Stattdessen war ich kopfüber in ein Liebeschaos gestürzt, aus dem ich keinen Ausweg mehr fand.

Herzlichen Glückwunsch, Emilia, das hast du toll gemacht.

»Emilia? Hörst du mir überhaupt zu?«

Ich blinzelte, um mich aus meinem Gedankenwirrwarr zu befreien. »Sorry, kannst du das noch mal wiederholen?« Drei Augenpaare waren erwartungsvoll auf mich gerichtet, was nur unterstrich, dass ich wohl schon länger nicht mehr zugehört hatte. Wie unprofessionell.

»Die Bodenproben weisen eindeutig einen zu hohen Schwefelanteil auf«, sagte Paolo. »Das Labor hat bestätigt, dass der Schwefel dabei dem Boden Wasser entzieht und sich Schwefelsäure bildet. Man kann also sagen, dass die Pflanzen vertrocknet sind, obwohl sie täglich gewässert wurden.«

»Und auch das Team der Ätna-Vulkanologen hat interessante Erkenntnisse gefunden«, fügte Papà hinzu. »Den Schwefelaustritt an der Oberfläche gibt es schon länger. Mindestens einige Jahre, den Ablagerungen an den Lavasteinen zufolge. Aber sie haben die Gegend weiter untersucht, ein bisschen gegraben und gebohrt. Dabei haben sie festgestellt, dass sich, vermutlich durch die Erdbeben im Frühjahr, neue Wege geöffnet haben, die den Schwefel auch direkt zu den Pflanzen bringen.«

Mir schwirrte der Kopf, und mein Blick fand zielsicher den von Angelo. »Was ist mit dem Rebstock, den wir auf dem Testfeld eingebuddelt haben?«

Ein zufriedenes Lächeln breitete sich auf seinem Gesicht aus: »Ich habe ihn regelmäßig begutachtet und er erholt sich. Ich weiß nicht, ob die Früchte dieses Jahr groß genug werden, um sie verarbeiten zu können, aber die Pflanzen sind nicht verloren.«

Ein riesiger Stein fiel mir vom Herzen. »Das ist großartig. Die Einbußen dieses Jahr werden wir kompensieren können.«

Ich wandte mich Paolo zu. Sein Gesicht war mir in den letzten Tagen vertrauter geworden, als ich es je für möglich gehalten hätte, und etwas in mir zog sich bittersüß zusammen. »Haben die Vulkanologen etwas dazu gesagt, ob wir den Bereich weiterhin nutzen können?«

Seine Mundwinkel hoben sich. »Das können wir. Sie sind sicher, dass sie die geöffneten Wege mit geschmolzener

Kapitel 9

unterwegs und fuhr gänzlich anders, wenn er allein war. Aber selbst, wenn das der Fall sein sollte, war ich dankbar dafür.

Die Fahrt zu den betroffenen Rebstöcken verging wie im Flug und ich war fast enttäuscht, als Paolo das Motorrad am Wegesrand stoppte und den Motor ausschaltete. »Hier ist es«, sagte er unnötigerweise, als wir abstiegen.

Die Helme ließen wir über den Lenker hängen. Paolo löste eine kleine Tasche vom Sitz und ging mir voraus einen schmalen Pfad entlang zu den Rebstöcken. Der Hang war der Sonne zugeneigt und erste rötliche Trauben hingen an den einzelnen Reben. Insekten schwirrten um mich herum und ihr Summen erfüllte die Luft. Auf den ersten Blick konnte ich nichts Ungewöhnliches entdecken. Auch keine neuartigen Käfer.

Doch Paolo ließ mir keine Zeit für eine genauere Musterung, sondern lief weiter an den Rebstöcken den Hang hinab. Ohne zu protestieren, folgte ich ihm, weil ich neugierig war, was er mir zeigen wollte.

Wir ließen die Rebstöcke hinter uns und folgten einem kleinen Pfad am Hang. Als ich schon befürchtete, er wollte mich in die Irre leiten, hockte er sich plötzlich hin.

»Hier, siehst du das?«

Zuerst wusste ich nicht, was er meinte, dann entdeckte ich es auch. Zwischen dem dunklen, teilweise mit Flechten bewachsenen Lavagestein war eine gelblich-weiße Stelle. Ich ging ebenfalls in die Hocke, und dann konnte ich es auch riechen. Ziemlich intensiv sogar. Schwefel.

»Tritt das hier schon länger aus?«

»Keine Ahnung, aber ich denke nicht. Ich habe es jedenfalls noch nie gesehen. Vielleicht hat es auch gar nichts mit den Reben zu tun, aber dann ist mir wieder eingefallen, dass der Ätna in diesem Frühjahr viel aktiver war als gewöhnlich. Es gab eine Reihe von kleineren Erdbeben, die wir sogar bis ins Dorf spüren konnten. Die ortsansässigen Vulkanologen haben uns versichert, dass keine Gefahr besteht ...« Er zuckte mit den Schultern. »Du kennst den Ätna ja, er macht ständig irgendwas, daher haben wir dem keine Bedeutung beigemessen. Aber was, wenn dieser Schwefelaustritt neu ist und mit den verkümmerten Reben zu tun hat?«

Ich nickte langsam ... und schüttelte kurz darauf den Kopf. »Ich bin keine Chemikerin, aber ist Schwefel nicht eigentlich gut für den Boden? Er ist doch auch in unserem Dünger enthalten.«

Paolo sah mich nachdenklich an, dann zuckte er leicht mit den Schultern. »Ich weiß es auch nicht. Aber eigentlich dürfen wir das auch nicht ignorieren, >>>

Kaum hatte ich das Haus verlassen, kam Paolo mir hinterher. »Warte! Du kannst mit mir mitfahren. Ich hab heute früh etwas entdeckt, das ich dir zeigen möchte.«

Seufzend blieb ich stehen. Wäre ja auch zu schön gewesen. Gestern Morgen hatte er noch deutlich gemacht, dass er auf meine professionelle Meinung keinen Wert legte, und nun wollte er mir *etwas zeigen*? Mir schwirrte der Kopf. Hatte sein plötzlicher Sinneswandel einen Grund? Oder wollte er nur unterstreichen, wie viel kompetenter als ich er war?

Mein Zögern blieb nicht unbemerkt. Paolo trat einen Schritt auf mich zu und streckte etwas unbeholfen den Arm zu seinem Motorrad aus. »Ich … ich will nicht wieder streiten, okay? Was ich entdeckt habe, willst du ganz bestimmt sehen, glaub mir.«

Ich überlegte kurz. Es war offensichtlich, dass ihm etwas auf der Seele brannte. Er strahlte eine fast schon nervöse Energie aus, aber von der Feindseligkeit, die ihm gestern angehaftet hatte, war heute nichts zu spüren. Also gab ich mir einen Ruck. »Okay. Hast du einen Helm für mich dabei?«

Paolo nickte und zog einen zusätzlichen Helm aus der Box unter dem Sitz. Er setzte seinen auf, und als er bemerkte, dass ich mit den dämlichen Klemmen nicht zurechtkam, trat er zu mir heran.

»Brauchst du Hilfe?«

Mein erster Reflex war es, aus Prinzip Nein zu sagen. Nachdem ich mich weiter erfolglos abmühte, kapitulierte ich jedoch und ließ die Hände sinken. »Ja, bitte.«

Paolo legte seine Hände unter mein Kinn, seine Fingerknöchel streiften meinen Hals und ließen Wärme in mir explodieren. Meine Knie wurden weich und ich hielt automatisch die Luft an.

»Fertig«, sagte er leise und schob noch ein paar meiner Haarsträhnen nach hinten. Ich sah zu ihm auf, doch wie vorhin wich er meinem Blick aus. Räuspernd setzte er sich auf das Bike und steckte den Schlüssel ein. Mit klopfendem Herzen legte ich eine Hand auf seine Schulter und schwang mich hinter Paolo. Durch den abschüssigen Sitz rutschte ich sofort eng an ihn heran. Zögernd schlang ich die Arme um seine Taille.

»Gut festhalten«, sagte Paolo, dann erwachte das Motorrad mit einem tiefen Dröhnen unter uns zum Leben. Instinktiv klammerte ich mich etwas fester an ihn, während wir langsam vom Hof rollten.

Auf der Straße beschleunigte Paolo. Der Fahrtwind wehte durch das offene Visier in mein Gesicht, brachte den Duft von Olivenbäumen und Pinien zu mir. Meine Mundwinkel hoben sich wie von selbst. Ich hätte gedacht, dass Paolo eher forsch und mit halsbrecherischem Tempo fahren würde, doch das war nicht der Fall. Er fuhr zügig, aber so, dass ich mich absolut sicher fühlte, berauscht und frei. Vielleicht war er nur wegen mir so rücksichtsvoll

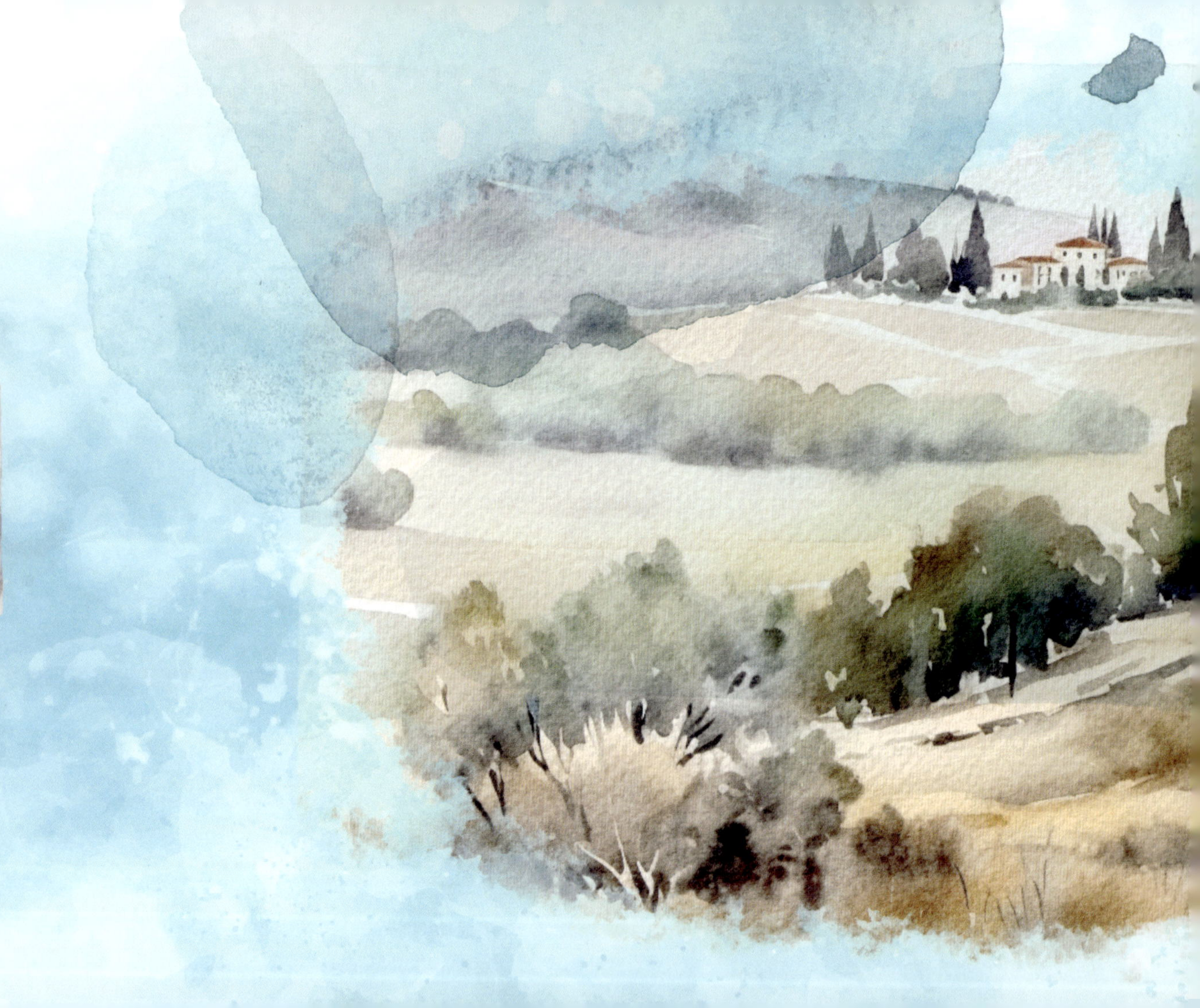

»Sehr gut.« Ich schraubte das letzte Glasröhrchen zu und reichte es ihm. Dann stand ich auf und wischte mit dem Handrücken einen Schweißtropfen von meiner Schläfe. Die Probenentnahmen waren nicht anstrengend gewesen, aber die Sonne brannte ohne Unterlass auf uns nieder.

Auch Paolo krempelte sich gerade die Hemdsärmel hoch und entblößte dabei erstaunlich ... sexy Unterarme. Mein Hals wurde trocken.

Dann fiel mir noch etwas ein: »Ach, Mist, eine Sache hätten wir fast vergessen. Wir wollten doch einen betroffenen Rebstock ausgraben, damit Papà ihn sich ansehen kann und wir ihn danach auf dem Testfeld einbuddeln. So können wir herausfinden, ob die Reben hier am Südhang zu retten sind oder ob wir sie vernichten und neue pflanzen müssen.«

Paolo richtete sich auf und war mir plötzlich so nah, dass ich den Kopf in den Nacken legen musste, um ihn anzusehen. Und war es mit einem Mal noch wärmer geworden? »Stimmt, du hast recht. Warte, ich übernehme das.«

Als er an mir vorbeiging, streifte sein nackter Arm den meinen und verschaffte mir eine Gänsehaut. Aus der kleinen Hütte am Rand der Rebstöcke, in der Werkzeug und andere Dinge gelagert wurden, holte er einen Spaten sowie einen großen Pflanzbeutel heraus und machte sich umgehend an die Arbeit. Er rammte den Spaten in den Boden und trat mit einem Fuß darauf, um ihn noch tiefer zu schieben. Während er rund um den Rebstock die Erde aushob, konnte ich ungehindert das Muskelspiel auf Paolos Rücken bewundern. Ich war nicht blind, mir war natürlich bewusst gewesen, dass er viel Kraft haben musste, doch jetzt sah ich sie zum ersten Mal mit eigenen Augen. *Wieso schwitzt er nicht mal bei dieser Hitze?*, fragte ich mich fasziniert. Ich konnte den Blick nicht abwenden. Bis er sich umdrehte und es bemerkte.

»Gut so?«, fragte er betont lässig und mit hochgezogenen Augenbrauen. Verdammt, er hatte mich erwischt.

Ich gab mich ahnungslos und lächelte breit: »Ja, prima. Stellst du bitte den Rebstock in den Schatten neben der Hütte, ich werde ihn dann später mit dem Pick-up holen.«

Kurz darauf saßen wir wieder auf dem Motorrad. Wir würden herausfinden, was hier vor sich ging. Und dann konnten wir das Problem hoffentlich schnell beheben.

Lies weiter in Kapitel 11.

solange wir nicht wissen, ob es diesen Austritt früher schon mal gegeben hat.«

»Ich war schon lange nicht mehr hier, aber ich bin mir ziemlich sicher, dass es das noch nicht gegeben hat, bevor ich zu meinen Praktika aufgebrochen bin.« Allerdings ... »Das ist schon fünf Jahre her, und in der Zeit kann sich viel verändert haben. Im Prinzip stimme ich dir zu. Wir können das nicht ignorieren, egal, wie lange es schon da ist, und sollten das untersuchen lassen.«

Paolo nickte. »Was schlägst du vor?«

Vor Überraschung fiel mir beinahe die Kinnlade runter. Paolo fragte *mich*, wie ich vorgehen wollte? Ich war so perplex, dass ich ihn nur wortlos anstarren konnte. Je länger ich schwieg, desto mehr schien es Paolo zu amüsieren. In seinen Augen funkelte es und seine Mundwinkel hoben sich. Er wirkte wie ausgewechselt.

Ich räusperte mich. »Wir sollten Bodenproben ziehen. Direkt von dieser Stelle.« Ich deutete auf das Loch, an dem der Schwefel austrat. »Aber auch von unterschiedlichen Bereichen nahe den Rebstöcken. Das Labor kann uns dann hoffentlich sagen, ob und wie sich der Schwefelgehalt im Boden geändert hat und ob das die Ursache des Problems ist.«

Paolo zeigte tatsächlich ein kleines Lächeln, öffnete die Motorradtasche und zog einen Plastikbeutel mit mehreren Glasröhrchen heraus. »So hätte ich es auch gemacht, und deshalb bin ich vorbereitet.«

Ich musste lachen, denn er war definitiv organisierter als ich. »Und ich dachte schon, du hättest ein Picknick geplant«, rutschte es mir heraus. *Cavolo*, wo kam das denn plötzlich her?

Paolos Augen blitzten belustigt, als er zudem einen kleinen Spatel aus der Tasche holte und ihn mir zusammen mit einem Glasröhrchen reichte. »Auch eine gute Idee. Möchtest du?«

»Klar.« Zuerst machte ich noch ein paar Fotos mit meinem Handy, ehe ich den Deckel des Röhrchens abschraubte und einige gelblich-weiße Erdklumpen hineinschaufelte. Dann verschloss ich das Röhrchen wieder und gab es Paolo zurück, der es beschriftete und in das Plastiktütchen steckte.

Wir gingen zu den Rebstöcken, wo wir die Prozedur an verschiedenen Stellen wiederholten. Am Ende hatten wir fünf gefüllte Glasröhrchen, die wir meinem Papà zeigen und danach zur Analyse ins Labor schicken konnten.

»Weißt du, was wir noch tun sollten?«, fragte Paolo.

»Was?«

»Wir sollten die Vulkanologen vom Ätna informieren. Das ist sicher etwas, das sie wissen wollen, selbst wenn das hier keine Auswirkungen auf unsere Weinreben hat. Und falls es das doch hat, haben sie vielleicht einen Tipp für uns, wie wir das beheben können.«

»Gute Idee, kannst du das übernehmen?«

»Natürlich.«

Kapitel 10

Als sie gegangen war, setzte ich mich zu ihm an den Tisch. »Du hättest mir etwas sagen sollen«, seufzte ich.

Papà klopfte auf seinen Gips. »Ich komme schon wieder auf die Beine, *cara mia*. Aber ich bin froh, dich hier zu haben, zumindest für eine Weile.« Er schenkte mir ein kleines Lächeln. »Das Haus ist ganz schön still ohne dich.«

Ich spürte einen Kloß im Hals. Papà sprach selten über seine Gefühle. »Und ich bin wirklich froh, dass du jemanden wie Giorgia hast.« Ich wusste genau, dass Papà diese Hilfe von mir nicht annehmen würde. So sehr er sich freute, dass ich wieder zurück war, sollte ich morgen in seinem Schlafzimmer stehen und ihm beim Anziehen helfen wollen, würde er mich achtkantig rausschmeißen.

»Ich habe mich längst gefügt«, sagte er schmunzelnd und schüttelte den Kopf. »Mit ihr zu diskutieren ist noch aussichtsloser als mit dir.«

»Das macht sie mir gleich noch sympathischer«, grinste ich und griff nach einem Brioche.

»Haben Angelo und Paolo dich informiert über das, was hier los ist?«

Ich nickte. »Sie haben von dieser neuen Käferart erzählt, die sie an den Reben am unteren Südhang gefunden haben.«

Papà seufzte. »Ehrlich gesagt bin ich nicht überzeugt, dass diese Käfer etwas mit dem Problem zu tun haben. Die Jungs konnten nur wenige Exemplare von ihnen finden, und ich habe mich schon bei den anderen Winzern in Sizilien umgehört. Niemand hat ähnliche Probleme oder diese Art schon mal gesehen.«

»Hm.« Nachdenklich zupfte ich an dem Brioche herum. »Angelo hat mir ein Foto von einem der Käfer geschickt. Soll ich mal bei den Dubois nachfragen oder bei Ella? Vielleicht haben sie die Art schon mal gesehen? Könnte ja sein, dass sie eingeschleppt wurde.«

Papà nickte langsam. »Das kann nicht schaden. Je mehr Informationen wir sammeln, desto besser.«

Ich wollte noch einen Schluck trinken, doch meine Tasse war leer. Also stand ich auf, um mir einen neuen Kaffee zu machen. »Aber du denkst nicht, dass die Käfer der Auslöser sind?«

Papà hob skeptisch die Schultern. »Das ist nur meine Vermutung. Das passt irgendwie nicht zusammen.« Seine jahrzehntelange Erfahrung sprach aus diesen Worten. »Paolo und Angelo haben einige Äste der betroffenen Reben hergebracht. Weder die Blätter noch die Trauben sind angefressen. Die Reben sind einfach total unterentwickelt. Als ob sie verkümmern oder vertrocknen, dabei funktioniert die Bewässerung einwandfrei, auch wenn die Leitungen betagt sind.«

»Ich fahre nachher hin«, schlug ich vor. »Vielleicht sollten wir einen ganzen Rebstock ausbuddeln und ihn ▷▷▷

Als ich am nächsten Morgen die Küche betrat, wirbelte eine fremde Frau um Papà herum. Er saß zeitunglesend am Tisch, einen Cappuccino und frische Brioches mit Marmelade vor sich. Nun stellte sie ihm noch einen Teller mit Aprikosen hin.

»Guten Morgen«, sagte ich verwundert.

Die Frau kam mit einem breiten Grinsen und ausgestreckter Hand auf mich zu. »*Buon giorno*. Sie müssen Emilia sein. Ich bin Giorgia, die Pflegehilfe.«

Meine Augenbrauen hoben sich, weil ich kaum glauben konnte, dass sich Papà dazu hatte breitschlagen lassen. »Freut mich, Sie kennenzulernen.« Ich ergriff die Hand, die sie mir hinhielt.

»Na, wenigstens eine hier begrüßt mich freundlich. Ihr Vater wollte mich am ersten Tag direkt wieder vom Hof jagen.«

»Das stimmt nicht«, grummelte Papà und legte die Zeitung beiseite. »Ich konnte nur nicht glauben, dass die Ärzte im Krankenhaus mir tatsächlich eine Pflegekraft organisiert haben. Ich hab mir das Bein gebrochen und nicht den Kopf.«

Ich unterdrückte ein Lachen, weil er wie ein Kind schmollte. Es war so typisch, dass er keine Hilfe annehmen wollte. Deshalb hatte ich ja auch ein Flugticket gebucht, ohne ihn vorher darüber zu informieren. »Du musst wirklich lernen, dir auch mal helfen zu lassen«, schalt ich ihn sanft.

»Das tue ich doch.«. Das Seufzen war aus seiner Stimme herauszuhören. »Ich habe mich doch längst dem neuen Hausdrachen gefügt.«

Entsetzt sah ich Giorgia an, doch die lachte nur schallend auf: »Hunde, die bellen, beißen nicht.« Sie zwinkerte mir zu. Dann stellte sie mir einen Kaffee und einen Teller hin. »Hier, essen Sie.«

Ich ließ mich auf den Stuhl fallen und nahm sofort einen Schluck Kaffee. »Danke, dass Sie meinem Vater bis hierher geholfen haben. Aber ab jetzt kann ich das übernehmen.«

Giorgia schüttelte den Kopf. »Sie sollten sich Ihre Kraft gut einteilen. Ich komme jeden Morgen für zwei Stunden, so ist es für die nächsten paar Wochen mit der Pflegekasse vereinbart. Ich helfe Ihrem Vater beim Anziehen, dann mache ich Frühstück und bereite das Mittagessen vor. Das muss er sich nur warm machen. Auf mehr Hilfe ließ er sich nicht ein. Sie dagegen haben ganze Arbeitstage auf dem Weingut vor sich, wenn ich das alles hier richtig mitbekommen habe. Das ist nicht ohne.« Giorgia warf einen Blick auf ihre Uhr. »Jetzt muss ich aber los.« Sie nahm ihre Handtasche, die auf einem Stuhl lag, und trat zu Papà. »Wir sehen uns morgen wieder.«

Papà grummelte etwas Unverständliches, aber ich bemerkte das Zucken in seinen Mundwinkeln. Er mochte Giorgia und war dankbar, dass sie ihm half, auch wenn er es nicht zugeben wollte.

Dann wandte er sich mir zu und sein Blick ruhte länger als nötig auf mir. Ich hielt den Atem an und ein warmer Schauer rieselte über meinen Rücken.

Paolo sah mit seinem karierten Hemd und den dunklen Jeans heute eher wie ein Cowboy als ein Weinbauer aus. Fehlte nur noch der Hut und ich hätte ihn mir auch auf der amerikanischen Steppe vorstellen können, wie er eine Herde Rinder zusammentrieb. Aber er stand in unserer Küche, schob die Sonnenbrille über seine dunklen Locken.

Sein Blick streifte meinen nur, und er war so unleserlich, als würden wir nicht dieselbe Sprache sprechen. Mein Herz schlug nervös schneller. Mit angehaltenem Atem wartete ich, was passieren würde. Er kam auf mich zu, blieb so dicht neben mir stehen, dass sich unsere Schultern streiften. »Entschuldigung wegen gestern«, murmelte er mir zu.

Mein Atem stockte. Hatte er sich gerade wirklich entschuldigt? Ich musterte ihn, aber bevor ich etwas erwidern konnte, begann Papà: »Gut, dann können wir ja loslegen.« Zu mir gewandt ergänzte er: »Seit der Sache mit meinem Bein haben wir unsere tägliche Morgenbesprechung in die Küche verlegt, das ist einfacher für mich.«

Bevor die Männer die To-dos für den Tag durchgingen, berichtete Papà, was wir gerade besprochen hatten. Ich aber konnte mich nicht konzentrieren. Angelo verhielt sich völlig normal, er war ruhig und sachlich, aber Paolo war ungewöhnlich still und wich meinem prüfenden Blick aus, was mich nur noch nervöser machte und mich fragen ließ, ob ich mir seine Entschuldigung gerade nicht bloß eingebildet hatte. Ich musste raus hier.

Kurz entschlossen sprang ich auf, gab Papà einen Kuss auf die Stirn und schnappte mir den Schlüssel für den Pick-up vom Haken: »Macht ihr drei in Ruhe zu Ende, ich fahre jetzt mal los, zum Großmarkt, um ein paar Besorgungen zu machen, und zu den Rebstöcken, um sie mir mal anzusehen.« Dann floh ich aus der Küche.

Du hast nun die Wahl: Soll Emilia zuerst Material im Großmarkt besorgen? Dann blättere jetzt zu Kapitel 2. Oder soll sie sich lieber zuerst die Rebstöcke ansehen, um zu wissen, was sie zum Umpflanzen braucht? Dann gehe jetzt weiter zu Kapitel 9.

auf dem Testfeld wieder einpflanzen. Dann können wir schauen, ob er sich dort erholt.«

Das Testfeld lag geschützt ein Stück hinter unserem Haus. Dort pflanzten wir neue Reben ein, die wir ausprobieren wollten. Und wenn Papà das Gefühl hatte, dass die Käfer nicht das eigentliche Problem waren, war es der ideale Ort, um seine Theorie zu überprüfen.

»Gute Idee.« Papà nickte und ich konnte sehen, wie es hinter seiner Stirn arbeitete. »Aber bring ihn vorher unbedingt zu mir, mit Erdreich und allem, okay? Ich will ihn mir ansehen.« Papà lebte und atmete den Weinanbau, seit er ein kleiner Junge war. Mit einem Blick auf die Rebe erkannte er mehr als so manche Laboranalyse.

Bei aller Sorge konnte ich mir ein kleines Lächeln nicht verkneifen. Ich ahnte bereits, wie Angelo und Paolo reagieren würden, wenn sie von Papàs Bitte hörten. So sehr ich meinen Papà liebte, er konnte auch ein Kontrollfreak sein, wenn es um das Weingut ging. Das war mit einer der Gründe, warum ich ins Ausland gegangen war. Ich wollte selbst Erfahrungen sammeln und lernen, eigenständig Entscheidungen zu treffen, ohne dass er mir bei jedem Schritt auf die Finger sah und Fehler verhinderte, bevor ich sie begehen konnte. Doch in diesem Fall konnten wir auf seine Expertise nicht verzichten.

»Aber klar doch«, versicherte ich und schlug dann eine gänzlich neue Richtung ein, um ihn auf andere Gedanken zu bringen. »Was gibt es denn sonst Neues?«

Während Papà mir erzählte, dass die Russos zwei Hunde von der Schlachtbank gerettet hatten und nun auf ihrem Hof aufpäppelten, die Bianchis eine neue Gartenlaube bauten, in der sie uns ab dem Herbst alle zum Fußballschauen einladen wollten, und dass Angelo der neue Stern am Kitesurfing-Himmel war, begann ich, den Tisch abzuräumen.

Ich nickte und ging mit Butter und Marmelade zum Kühlschrank: »Von Angelos Kitesurfen habe ich schon gehört.«

»Und Paolo kümmert sich oft um Rosa, eine alte Dame in einer Einrichtung für betreutes Wohnen«, fuhr Papà fort. Ich stutzte überrascht, doch er lachte auf: »Die Jungs scheinen nicht ganz ausgelastet zu sein, vielleicht sollte ich ihnen mehr Verantwortung übertragen.«

Bevor ich etwas erwidern konnte, lenkte mich ein Flyer ab, der mit einem Magneten an der Kühlschranktür befestigt war. Es ging um den Kitesurf-Wettkampf am Wochenende, der nicht weit von Messina entfernt stattfinden würde. Ich nahm mir fest vor, hinzugehen.

Genau in dem Moment schneiten Angelo und Paolo gleichzeitig in die Küche.

»Da seid ihr ja«, sagte Papà zufrieden.

Angelos dunkelgrüne Arbeitshose und sein T-Shirt wiesen Dreckspuren auf, aber seine Hände waren sauber, als er damit seine Baseballcap vom Kopf zog und Papà mit einem höflichen *»Buon giorno, Signore«* begrüßte.

Kapitel 11

Ich stieg ab und zog mir den Helm vom Kopf. »Du willst wirklich Eis essen?« Obwohl wir direkt vor dem Geschäft standen und es in Castelmola wenig anderes gab, zu dem Paolo mich bringen könnte, brauchte ich die Gewissheit.

Paolo zuckte mit den Schultern, wirkte mit einem Mal fast verlegen. »Ist zwar kein Picknick, aber ich dachte mir, dass du bestimmt schon lange kein italienisches Eis mehr gegessen hast.«

Er hatte recht. Das letzte Mal, dass ich heimisches Eis gegessen hatte, war vor der Abreise zu meinem ersten Praktikum gewesen. Wenn ich zu Besuch nach Hause gekommen war, hatte ich meine Zeit eher mit Papà auf unserem Hof verbracht. »Das ist sehr aufmerksam.« Um nicht zu sagen unfassbar süß.

Paolo hängte seinen Helm über den Lenker und führte mich ans Ende der Schlange. »Ich wollte nur deine Erinnerung auffrischen. Nicht, dass du vergisst, wie das gute Zeug schmeckt.«

Ich nickte: »Nirgends schmeckt das Eis wie hier. Wenn ich Heimweh hatte, habe ich mich oft danach gesehnt.«

Paolo sah mich ernst an: »Du hattest Heimweh?«

Ich zuckte mit den Schultern: »Zwischendurch, aber das ist doch ganz normal. Ich war zuvor ja nie länger als eine Woche von zu Hause weg. Aber ich hatte viel Glück mit meinen Gastgebern. Ich habe sogar ein paar Rezepte gelernt. Ella, die das Weingut in Deutschland leitet, backt zum Beispiel wunderbare Kuchen.«

Ich seufzte in der Erinnerung an die süße Fluffigkeit des Kuchenbodens und ihren tollen Kontrast zum herben Geschmack des Rhabarbers.

Paolo lächelte. So richtig, und es veränderte sein ganzes Aussehen. Seine dunklen Augen strahlten und vertrieben die letzten Wolken aus meinen Gedanken. »Ich war noch nie in Deutschland, aber mir ist Eis ehrlich gesagt lieber.«

Ich lachte.

»Aber wenn du einen Kuchen backst, probiere ich ihn«, schob er hinterher.

»Ich fühle mich geehrt.«

Vor uns ging die Schlange einen großen Schritt nach vorne, sodass wir nun einen Blick ins Innere werfen konnten. Hinter dem Tresen standen drei Verkäuferinnen, was erklärte, warum es trotz der vielen Leute recht zügig voranging. Gerade reichte eine von ihnen einem Mädchen eine Waffel mit drei Kugeln.

»Ich hab so meine Momente.«

$\ggg$

Eng an Paolo geschmiegt saß ich hinter ihm auf dem Motorrad, während wir zuerst zum Baumarkt und dann in Richtung Hof zurückfuhren. Ich spürte, dass sich zwischen uns etwas verändert hatte. Wir waren über eine Stunde im Weinberg gewesen und hatten uns nicht einmal gestritten. Sein Argwohn, seine Feindseligkeit waren wie weggeblasen – im Gegenteil, er war sachlich und professionell gewesen. Sein *Friedensangebot,* wie ich unsere Interaktion insgeheim betitelt hatte, war wohl genau das gewesen.

An einer Kreuzung hielt Paolo an und drehte den Kopf in meine Richtung. »Willst du direkt zurück oder haben wir Zeit für einen kleinen Abstecher?«

Ich war so perplex, dass ich zuerst gar nicht antworten konnte. War das immer noch derselbe Paolo, der mir gestern nichts als Feindseligkeit entgegengebracht hatte? »Einen Abstecher?«, krächzte ich schließlich.

Unter seinem halb geschlossenen Visier blitzte sein Lächeln hervor. »Dauert nicht lange.«

»O-kay?« Es kam zögerlich und wie eine Frage heraus. Was hatte er vor?

»Okay? Wirklich? Oder möchtest du lieber direkt zurück? Das wäre auch kein Problem.« Seine sanfte Stimme beruhigte mich, genauso wie die Bestätigung, dass er hier meiner Weisung folgen würde.

»Okay«, sagte ich diesmal mit Nachdruck. »Fahr uns ins Abenteuer.«

»So aufregend wird es leider nicht.« Er drehte sich nach vorne, dann fuhren wir weiter. In die entgegengesetzte Richtung von meinem Elternhaus weg brausten wir die schmale Straße entlang.

Eine Zeitlang waren wir ganz allein unterwegs, doch das änderte sich, als wir auf die Hauptstraße abbogen. Touristen in Mietwagen, die vermutlich zum Krater des Ätna wollten, waren leicht von Einheimischen zu unterscheiden. Nicht nur fuhren sie deutlich langsamer, weil sie das Panorama um sich herum bestaunten, manchmal bremsten sie auch abrupt ab, was einen Einheimischen dazu veranlasste, laut aus seinem Auto zu fluchen. Dieses geschäftige Treiben, das den Vulkan manchmal wie einen Ameisenhügel erscheinen ließ, packte mich und riss mich mit. Unwillkürlich lehnte ich mich noch etwas enger an Paolo.

Kurz darauf bog er in eine schmalere Straße ab, die sich einen Hügel hinaufwand, und wir kamen nach Castelmola. Es war ein kleiner Ort mit kaum hundert Einwohnern, trotzdem war er bis weit über die Grenzen Siziliens hinaus bekannt. Vor einem weiß getünchten Haus, das unscheinbar wirken würde, wenn nicht eine Traube Menschen davor stünde, hielt er an. *Gelateria Maria* prangte in verwitterten Lettern über der Eingangstür. Es war die älteste und traditionsreichste Eisdiele weit und breit, und selbst in der Nebensaison konnte es einem passieren, dass man hier anstehen musste.

KAPITEL II

Granita Siciliana

Im Sommer eine der beliebtesten Leckereien der Sizilianer*innen, findet sich die Granita Siciliana über die ganze Insel verstreut. Ebenso breit gefächert sind die Zutaten und Geschmäcker, mit denen man die Granita machen kann — von cremig-süß bis fruchtig-sauer. Am weitesten verbreitet sind jedoch solche wie Kaffee, Mandel (denn die kann in Sizilien einfach für alles verwendet werden) oder fruchtige Varianten wie die lecker frisch-saure Zitrone. Zwei dieser Geschmacksrichtungen findest du hier, damit du auch bei uns im heißen Sommer echtes italienisches Genuss-Feeling haben kannst: *è la dolce vita!*

Info: Für dieses Rezept benötigst du keine besondere Eismaschine, du kannst das Eis einfach in deinem Gefrierfach selbst machen.

ZUTATEN:
FÜR 4 PERSONEN

Variante 1:
Granita al caffè
· 500 ml Espresso
· 500 ml Wasser
· 240 g Zucker
· Eine halbe Vanilleschote sowie das Vanille-Mark, ausgekratzt
· eine Prise Salz
· 250 ml Sahne

Variante 2:
Granita di limone
· 650 ml Wasser
· 350 g Zucker
· Schale von einer Bio-Zitrone, in Streifen abgeschält
· 1 Prise Salz
· 350 ml Zitronensaft, frisch ausgepresst

Dauer:
· Vorbereitung 20 Minuten,
· Gefrierzeit 6-7 Stunden
Schwierigkeit: einfach

ZUBEREITUNG:

Variante 1: Granita al caffè (mit Kaffeegeschmack)

Den Espresso zubereiten und beiseitestellen.
In einem Kochtopf das Wasser mit 200 g Zucker, der Prise Salz und dem ausgekratzten Mark sowie der Schote der Vanille mischen und zum Kochen bringen. Für 8 Minuten kochen lassen, dann den Herd ausschalten. Den vorbereiteten Kaffee zugeben und einrühren. Anschließend den Sirup vollständig auskühlen lassen.

Die Vanilleschote entfernen und die Mischung in einen möglichst großen, gefriertauglichen Behälter umfüllen. Diesen für ca. 6-7 Stunden ins Gefrierfach stellen. Hin und wieder herausnehmen und die Creme pürieren, um die Bildung von Eiskristallen zu verhindern.

Die fertige Granita in schöne Serviergläser umfüllen. Die Sahne mit den restlichen 40 g Zucker aufschlagen und auf der Granita verteilen. Kalt servieren und genießen!

Variante 2: Granita di limone (mit Zitronengeschmack, vegan)

In einem Kochtopf das Wasser, den Zucker, die Prise Salz und die Zitronenschalenstreifen vermischen und zum Kochen bringen. Sobald die Mischung erhitzt ist, für 8 Minuten kochen lassen, dann den Herd ausschalten. Den Sirup vollständig auskühlen lassen. Anschließend den frischen Zitronensaft einrühren. Die Mischung in ein gefriertaugliches Gefäß umfüllen. Dieses für 6-7 Stunden ins Gefrierfach stellen. Hin und wieder herausnehmen und die Creme pürieren, um die Bildung von Eiskristallen zu verhindern.

Anschließend in schöne Gläser umfüllen und kalt genießen!

TIPP:
Wenn die Granita zu lange im Gefrierfach war, einfach einige Zeit vor dem Servieren herausholen und erneut im Mixer pürieren, damit sie wieder ihre cremige Konsistenz erhält.

gehalten, aber zugegebenermaßen wusste ich wohl generell nicht viel über ihn.

»Wenn es die Zeit zulässt.« Aus dem Augenwinkel warf er mir einen kurzen Blick zu. »Angelo und ich wechseln uns ja mittlerweile bei den Weinproben ab. Sie sind zum Glück gut ausgebucht, deswegen bin ich an manchen Tagen so eingebunden, dass für so etwas keine Zeit bleibt. Aber wenn ich in der Nähe bin und ein Stündchen Zeit habe, so wie heute, ist es wie ein Kurzurlaub.«

Ich mochte den Ausdruck und als hätte er damit etwas in mir ausgelöst, nahm ich einen tiefen Atemzug. Beim Ausatmen versuchte ich, alles loszulassen, das mich die letzten Tage angespannt hatte. Die Sorge um meinen Papà, die lange Anreise nach Sizilien und den Streit gestern mit Paolo. Wieder fragte ich mich, was seinen Stimmungswandel ausgelöst hatte.

»Danke, dass du mir das hier gezeigt hast.« Obwohl ich die Gelateria von früher kannte, hätte ich nicht vermutet, dass sich direkt dahinter so eine Oase der Ruhe befand. »Kaum zu glauben, dass dieses Plätzchen außer dir noch niemand entdeckt hat.«

Paolo streckte die Beine aus und grinste. »Wir sind bestimmt nicht die Ersten, die sich hierher verirrt haben, aber zumindest die Touristen kennen es noch nicht, sonst würden sicher ganze Horden von ihnen hier Selfies machen.« In seinem Unterton schwang etwas mit, als würde er Touristen anstrengend finden, aber als ich ihn ansah, wirkte er ganz entspannt. Ein kleines Lächeln umspielte seine Mundwinkel und sein Eis war schon fast bis zur Waffel gegessen. Ein Tropfen Schokoeis floss auf seine Hand. Ehe ich ihn darauf aufmerksam machen konnte, bemerkte er es selbst, streckte die Zunge aus und leckte den Tropfen ab.

Hitze brach in meinem Nacken aus, die nichts mit der Außentemperatur zu tun hatte. Aber ich wollte lieber nicht darüber nachdenken, was sie sonst ausgelöst haben könnte.

Schnell wandte ich den Blick ab und widmete mich meinem Eis, das ebenfalls inzwischen mehr flüssig als fest war.

Lies weiter in Kapitel 4.

Ich wusste nicht, was ich darauf antworten sollte. Einen guten Freund wie Angelo hätte ich vermutlich mit einem sarkastischen Spruch aufgezogen, aber bei Paolo hielt mich etwas davon ab. Zu neu und flüchtig fühlte sich unser Frieden an.

Weitere Leute verließen die Gelateria mit ihrem Eis und wir rückten weiter vor, bis ich die Auslage betrachten konnte. Über zwanzig Sorten gab es, darunter Klassiker wie Vanille, Schoko oder Haselnuss, aber auch ausgefallenere Sorten wie Oreo Crunch und Baileys-Eis. Paolo lehnte sich vor, um die Auslage besser sehen zu können und sein Oberarm streifte dabei meine Schulter. Trotz der Schichten Kleidung zwischen uns jagte ein Prickeln über meine Haut. »Weißt du schon, was du möchtest?«

»Ähm ...«

Mein Finger malte einen Kreis über die Auslage. »Das klingt alles so gut.«

»Du kannst gern alles nehmen, aber dann will ich auch sehen, wie du es aufisst.«

Schalk blitzte in seinen Augen und unwillkürlich brach ein Lachen aus mir heraus.

Ehe ich darauf eine flotte Erwiderung fand, waren wir auch schon dran. Paolo bestellte zwei Klassiker, Schoko und Nuss, dann traf der erwartungsvolle Blick der Bedienung auf mich. Ein letztes Mal betrachtete ich die Auslage, bevor ich eine Entscheidung fällte. »Oreo Crunch und Salted Caramel Cream, bitte.«

Kurz darauf traten wir mit unseren Eiswaffeln wieder nach draußen in die pralle Sonne. Die Schlange war in der Zwischenzeit nicht kürzer geworden, die zwei Bänke neben dem Eingang waren weiterhin belegt.

»Komm, ich kenne einen guten Platz, wo wir das Eis essen können.«

Ich folgte Paolo um das Gebäude herum einen kurzen Pfad zwischen hohen Hecken entlang, der plötzlich und völlig unwartet den Blick über Taormina bis zum Meer freigab. Die Geräusche der Autos, die über die Hauptstraße fuhren, waren nur noch gedämpft zu hören, dafür war das Zirpen der Grillen hier lauter, als wären wir abgeschnitten vom Rest der Welt.

Ich setzte mich neben Paolo auf einen umgestürzten Baumstamm. »Wow, es ist wunderschön hier.«

»Den Platz habe ich letztens durch Zufall entdeckt.«

Ich leckte über mein Eis, das eine wahre Geschmacksexplosion auf meiner Zunge hervorrief. »Kommst du oft hierher?« Ich hätte ihn nicht für einen großen Eis-Fan

Kapitel 12

Paolo eingestellt, *damit der Junge mal aus dem Haus kommt,* wie er damals sagte. Irgendwie hatte ich das in den letzten Jahren komplett verdrängt. Paolo wirkte immer so unnahbar und gar nicht so, als würde er irgendjemanden brauchen.

Sein Blick war auf die Straße gerichtet, ich konnte sein Profil also in aller Ruhe betrachten, und mir fiel auf, wie unfassbar lang seine Wimpern waren. In seiner sonst ruhigen Stimme waren sein Schmerz und die Trauer von früher deutlich zu hören gewesen. Und ich konnte ihn so gut verstehen.

»Ging mir mit meiner Mutter ähnlich. Ich war etwas jünger als du und hab anfangs nicht wahrhaben wollen, was mit ihr passiert, aber als der Krebs so weit vorangeschritten war, dass sie nur noch im Bett liegen konnte, hat mich das komplett überfordert.«

Noch heute riss der Gedanke an sie ein Loch in meine Brust, aber damals hatte es meine komplette Welt zerstört, sie zu verlieren. Ich schluckte gegen den Kloß in meiner Kehle an.

»Noch schlimmer war diese Wut in mir. Ich war so sauer. Nicht nur auf das Schicksal, sondern auch, dass sie mich verlassen hat. In meiner Naivität dachte ich, hätte sie nur etwas mehr gekämpft, hätte sie bei mir bleiben können. Und dann waren da diese riesigen Schuldgefühle, dass ich überhaupt so etwas denken konnte ...«

Paolo nickte schweigend, als wüsste er genau, was ich meinte. Als hätte er es ähnlich erlebt. Ich wurde das Gefühl nicht los, dass unser jahrelanger Zoff daher rühren konnte. Wir waren noch so jung gewesen, gefangen in unserer Trauer, weil wir beide einen schweren Verlust erlitten hatten. Wir hatten nicht gewusst, wie wir damit umgehen sollten, und hatten stattdessen in unserer Überforderung nach außen geschlagen.

Paolo lenkte den Wagen auf einen Parkplatz. Es standen nur zwei weitere Autos hier, was wirklich ungewöhnlich war, wenn man bedachte, dass gerade Touristenhochzeit war. Dass ich diesen Parkplatz nicht kannte und auch nicht wusste, was man von hier aus erreichen konnte, machte die Sache doppelt spannend.

»Ich war noch nie hier.«

»Die Route ist auch nicht wirklich bekannt. Hier kommt man an den Obst- und Olivenhainen der Mapellis und Fallas vorbei«, erklärte Paolo. »Am Ende des Wegs ist ein uralter Nebenkrater, der vor hunderten Jahren ausgebrochen ist.« Paolo deutete auf einen schmalen Pfad, den wir einschlugen.

»Ich kenne einige Krater, aber von diesem habe ich noch nie gehört.«, überlegte ich.

»Kein Wunder, kaum einer kennt ihn. Was genau der Grund ist, warum ich manchmal herkomme. Hier hat man seine Ruhe.«

>>>

Kaum hatte ich meinen Pick-up erreicht, hörte ich Schritte hinter mir. »Emilia, warte.« Paolos Stimme ging mir durch und durch, entfachte eine unerwartete Wärme in mir.

Langsam drehte ich mich zu ihm um. Er joggte über den Kiesweg, bis er direkt vor mir zum Stehen kam. Seine Brust hob und senkte sich und ein Schwall seines Rasierwasserdufts drang mir in die Nase. Seine Miene war wie so oft unleserlich und kurz regten sich Zweifel in mir. Die alte Angst, Paolo könnte mir vorhalten, dass er mit meiner Vorgehensweise nicht einverstanden war, ließ sich noch nicht ganz abschütteln.

Doch dann hoben sich seine Mundwinkel. »Du wirkst, als bräuchtest du Abstand.« Langsam kam er näher. Vorsichtig, als hätte er Angst, mich zu verschrecken.

Ich lachte leise. »Bist du jetzt unter die Gedankenleser gegangen?«

»Nein, zum Glück nicht, die waren mir schon immer suspekt. Aber du hast mich gerade an mich selbst erinnert, wenn mir alles zu viel wird. Wenn ich mal ausbrechen und den Kopf freibekommen muss.«

Ein Schauer raste über meinen Rücken, weil er exakt beschrieb, wie ich mich gerade fühlte. »Und was machst du dann so?«

»Komm, ich zeige es dir.« Er öffnete die Beifahrertür und hielt sie für mich auf. Ich zögerte nur eine Millisekunde, dann kletterte ich auf den Sitz. Paolo schlug die Tür hinter mir zu, bevor er um den Wagen herumlief und selbst einstieg.

Wir fuhren nach Trupiano. In der Postfiliale gab er schnell den Karton mit den Bodenproben auf, dann ging es weiter den Berg hinunter Richtung Taormina. Doch noch bevor wir die Stadt erreichten, bog Paolo zur Nordflanke des Ätna ab. Ich fragte nicht, wo er mich hinbrachte. Ich wollte mich überraschen lassen. Es fühlte sich ein bisschen an, als würde Paolo mir hier einen Einblick in sich selbst geben. Etwas sehr Persönliches, und ich war gespannt, wie das aussah.

»Kommt es oft vor, dass du Abstand brauchst?«, wollte ich stattdessen wissen.

Er zuckte leicht mit den Schultern. »Mittlerweile nicht mehr so häufig, aber früher sehr regelmäßig. Ich weiß nicht, ob du dich noch daran erinnerst, aber mein Papà war lange Zeit stark eingeschränkt, nachdem er einen Schlaganfall hatte. Damals war ich sechzehn. Er musste alles neu lernen. Sprechen, essen, laufen. Wirklich alles. Das war eine furchtbare Zeit. Zu sehen, wie hilfsbedürftig er war, nachdem er meine ganze Kindheit lang mein Held gewesen war und ich ihn für unverwundbar gehalten hatte. Ihn so zu sehen hat mich oft überfordert. In die Natur zu gehen ist mein Ausgleich geworden, wo ich abschalten konnte.«

Wow. Ich hatte nicht damit gerechnet, dass er so ehrlich zu mir war. Das mit seinem Vater hatte ich damals mitbekommen, wenn auch nur am Rande. Papà hatte

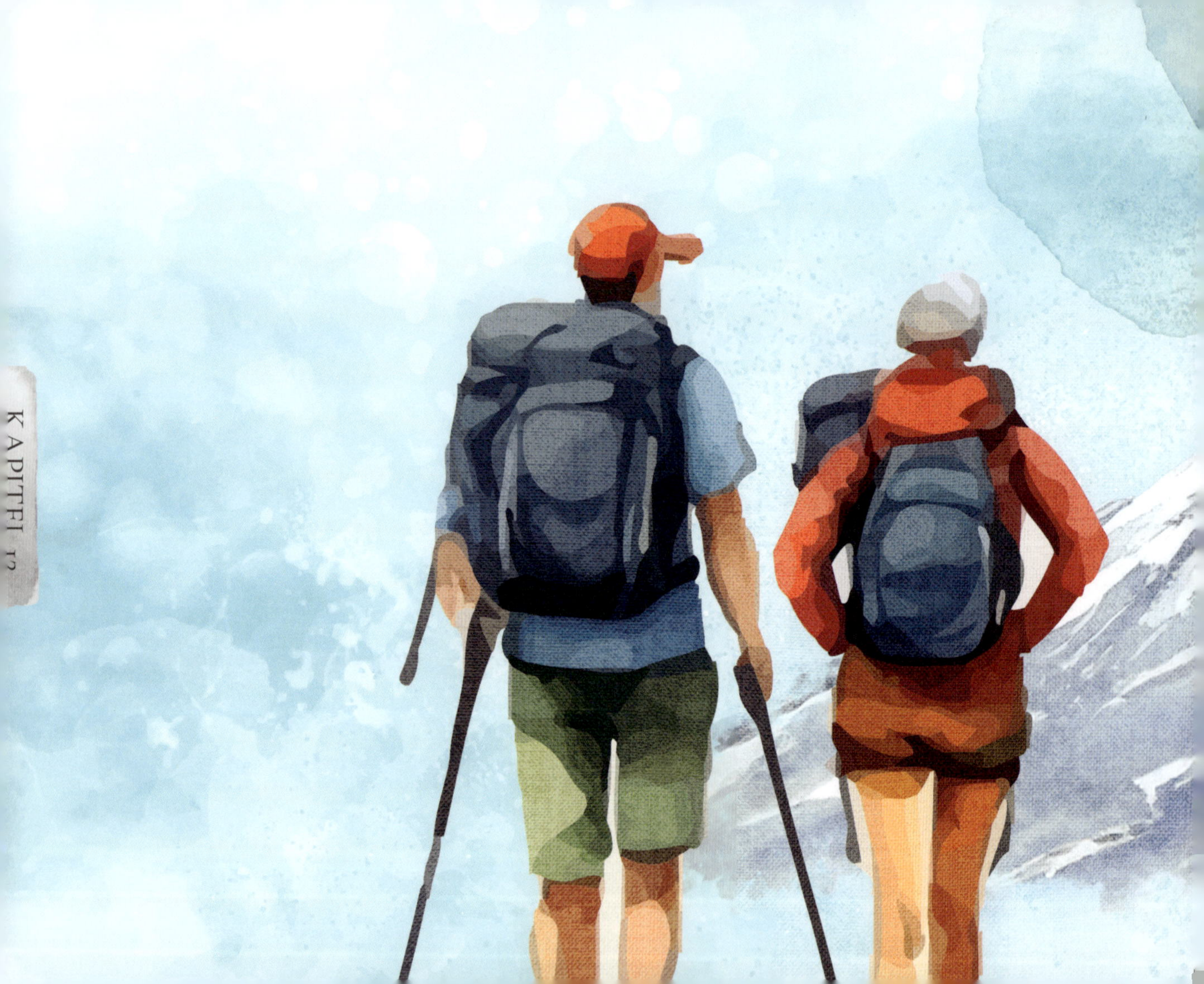

dem Weingut gab es immer etwas zu tun, und man konnte es auch nicht einfach so für zwei Wochen schließen. Natürlich war ich mal mit Freunden für einige Tage weggefahren. Aber einen richtigen Urlaub in einem fremden Land? Außer in Island hatte ich den nie gemacht.

Als wir eine Hügelkuppe umrundeten, erstreckte sich auf einmal das gewaltige Kraterbecken unter uns, dessen Moose und Flechten in tausend Grüntönen zu uns heraufstrahlten. Paolo setzte sich auf einen großen Felsen und ich ließ mich neben ihm nieder.

»Wie kommt es eigentlich, dass du im Altersheim aushilfst?«, fragte ich in die eingetretene Stille hinein.

Ein Lächeln erschien auf seinen Lippen, das irgendwie wehmütig wirkte. »Meine Nonna hat ihre letzten Jahre im *Cuore ed Anima* verbracht, nachdem sie nicht mehr allein zu Hause leben konnte. Ich hab sie jede Woche besucht und dabei natürlich auch andere Bewohner kennengelernt, wie Rosa. Viele Menschen dort sind einsam. Klar, sie sind nicht allein, aber nur wenige bekommen Besuch, deshalb freuen sich alle riesig, wenn mal jemand von außerhalb kommt, sich mit ihnen zu einem Brettspiel zusammensetzt oder spazieren geht. Als Nonna vor zwei Jahren gestorben ist, bin ich einfach weiter hingegangen. Das erste Mal hat es sich seltsam angefühlt, weil sie nicht mehr da war, aber ich wurde so freudig

empfangen, dass meine Sorgen sehr schnell verschwunden sind.«

Eine Wärme breitete sich von meinem Herzen in meinem ganzen Körper aus. Ich hätte nie vermutet, wie fürsorglich Paolo war.

»Für mich ist es auch gar kein *Helfen*«, sprach er weiter, ehe ich etwas erwidern konnte. »Die Menschen geben mir so viel zurück. Sie haben eine Menge erlebt, haben immer einen passenden Tipp parat und erzählen die besten Geschichten. Ich könnte ihnen stundenlang zuhören. Viele von ihnen sind im Kopf noch echt fit, auch wenn der Körper langsam schlappmacht.«

Paolo sprach mit einer Leidenschaft, die ich zuvor noch nicht an ihm gesehen hatte. Er eröffnete mir gerade einen Teil von sich, von dem ich mir sicher war, dass ihn nicht viele zu Gesicht bekamen.

»Danke, dass du mir davon erzählt hast.«

Er drehte sich zu mir und sein Blick traf auf meinen. Ein, zwei Sekunden hielt er ihn gefangen, bis ein Kribbeln tief in meinem Unterleib einsetzte. Ich konnte nicht mehr von der Hand weisen, dass da etwas zwischen uns war.

»Danke, dass du mir zugehört hast.«

Ich hätte gerade nichts lieber getan.

Lies weiter in Kapitel 17.

Unwillkürlich musste ich lächeln. Vor einigen Tagen hätte ich noch darüber geurteilt, hätte vermutet, dass Paolo andere Menschen genauso wenig ausstehen konnte wie mich. Doch langsam realisierte ich, dass er jemand war, der die Abgeschiedenheit brauchte, sie regelrecht suchte. Und das konnte ich gut nachvollziehen.

Eigentlich waren wir uns gar nicht so unähnlich, wenn man genauer darüber nachdachte.

Wir umrundeten eine Felsformation, die aussah, als wäre sie vor Urzeiten bei einem Ausbruch hierher geschleudert worden. Vor uns öffnete sich der Blick über ein weites Lavafeld. Das schwarze Gestein war mit allerlei Flechten und blühenden Kräuterpolstern bewachsen. Rechts erstreckte sich ein Hang mit Zitronenbäumen, die ihren unvergleichlichen Duft zu uns schickten.

Ich atmete tief ein und spürte, wie sich eine Ruhe über mich legte, die ich lange nicht mehr auf diese Weise empfunden hatte.

»Weißt du, was man sich in Island von solchen moosbewachsenen alten Lavafeldern erzählt?«, fragte ich.

Überrascht wandte sich Paolo mir zu. »Was denn?«

»Dass dort Elfen leben und man die Stellen nicht betreten darf, wenn man ihren Unmut nicht heraufbeschwören will.«

Paolo schmunzelte. »Du glaubst also an Fabelwesen.«

Schnell schüttelte ich den Kopf. »Nee, absolut nicht. Auch dort hat es, glaube ich, eher was damit zu tun, die Gebiete zu schützen wegen der Sauerstoffproduktion. Es gibt ja so gut wie keine Bäume auf Island. Aber es passt einfach so gut. Da ist es so mystisch. Wenn ich mir ein Land vorstellen könnte, in dem es Elfen wirklich gibt, dann wäre es dieses.«

»Hm.« Einige Schritte brachten wir schweigend hinter uns. »Wann warst du eigentlich in Island?«

»Während meines Praktikums in Lindau«, erklärte ich. »Ich konnte mich ein paar Kollegen anschließen, die dort einen Urlaub geplant hatten. Zusammen haben wir dann eine Tour rund um die ganze Insel gemacht. Faszinierendes Land.«

Paolo legte den Kopf schief und betrachtete mich aus seinen dunklen, tiefgründigen Augen: »Hast du Nordlichter gesehen?«

»Leider nein. Wir waren im Sommer da, also zumindest im meteorologischen Sommer, denn für mich als Sizilianerin war es trotzdem bitterkalt. Aber zwischen Mai und Ende August geht die Sonne ja nicht unter, deswegen sieht man keine Nordlichter.«

Paolo schob die Hände in seine Hosentaschen und lief so dicht neben mir her, dass ich seine Nähe an meinem ganzen Körper spürte, obwohl er mich nicht berührte. »Du bist ganz schön rumgekommen.«

Ich lachte leise. »Nicht wirklich. Island war der einzige richtige Urlaub, den ich je gemacht habe.« Wenn die Eltern Winzer waren, hatte man nicht viel freie Zeit. Auf

Kapitel 13

zimmer zog ich in Windeseile meinen Bikini sowie Shorts und mein Lieblings-Tanktop an. Dann schnappte ich mir ein Handtuch und Sonnencreme, ehe ich wieder nach draußen eilte.

Angelo lehnte am Pick-up, auf dessen Ladefläche schon das Fahrrad lag, mit dem er in der Früh zur Arbeit gekommen war. Mit gerunzelter Stirn starrte er auf sein Handy, blickte aber auf, sobald er mich kommen hörte.

»Ich bin fertig.«

Sein Blick wanderte an mir herab. Langsam, bedächtig, als wollte er jeden Zentimeter von mir in sich aufnehmen. Als er wieder zu mir aufsah, erstrahlte ein Lächeln auf seinem Gesicht. »Dann lass uns keine Zeit mehr verlieren.«

Er öffnete die Beifahrertür für mich, und sobald ich in den Wagen geklettert war, ging er um die Motorhaube herum und schwang sich hinters Lenkrad.

Zuerst fuhren wir zu ihm, tauschten das Fahrrad gegen zwei Kites und die Taschen mit dem üblichen Material, dann ging es weiter. Angelo fuhr zum Strand von Nizza di Sicilia, der etwas nördlich von Taormina lag. Dort befand sich ein sogenannter Kabbelspot, bei dem die Wasseroberfläche durch Wind und Strömungen ungleichmäßig bewegt war.

Jetzt, am Spätnachmittag, war der kleine Parkplatz schon ziemlich voll, und so mussten wir ein Stück ent-fernt am Straßenrand parken. Eigentlich war das nicht erlaubt, aber wir wussten auch, dass hier nie Strafzettel verteilt wurden, daher riskierten wir es.

Ein kräftiger Wind blies uns entgegen, als wir den Strand betraten. Wir liefen bis zur Uferlinie, pumpten zuerst die zwei Kites auf, dann befestigten wir die Leinen und Bars daran.

»Deine Handgriffe sitzen zumindest noch«, sagte Angelo anerkennend, griff hinter seinen Nacken und zog sich das Shirt über den Kopf. Erneut fiel mir auf, wie viel trainierter als früher er mittlerweile war. Die Muskeln unter seiner gebräunten Haut spannten sich mit den Bewegungen an und ich konnte meinen Blick nicht davon losreißen.

»Kommst du mit ins Wasser?«, fragte Angelo, als er sich auch seiner Jeans entledigt hatte und nur noch in seinen Badeshorts vor mir stand.

»Geh ruhig schon mal vor, ich schau dir erst mal zu und komme später nach.«

Zweifelnd hob er eine Augenbraue, aber ich setzte mich demonstrativ auf mein Handtuch und scheuchte ihn mit den Händen weg. Angelo zögerte noch einige Sekunden, dann zuckte er mit den Schultern, griff sich sein Kite und joggte die restlichen Meter bis zum Wasser. Ich beobachtete das Spiel seiner Rückenmuskeln, als er das Board vor sich auf der Wasseroberfläche ablegte und sich darauf schwang. Er umfasste »»»

Ich umrundete unser Haus. Ich wollte noch einen Blick auf das Testfeld werfen, ehe ich zu meinem Spaziergang aufbrach. Vögel zwitscherten in den Bäumen und ich ließ meinen Blick von den hohen Wipfeln bis in den Himmel gleiten.

»Emilia.« Auf dem Absatz wirbelte ich herum. Angelo kam mir hinterhergelaufen, den Ausdruck auf seinem Gesicht konnte ich nicht deuten. Mein Puls beschleunigte sich, während er auf mich zukam.

Direkt vor mir blieb er stehen. »Ich hab völlig vergessen, dass ich runter zum Strand muss, für den Wettkampf üben. Hast du nicht Lust, mich zu begleiten?«

Ich runzelte die Stirn. »Was ist mit der Weinrebe, die du ins Testfeld eingraben wolltest?«

»Das übernimmt nun doch Paolo, nachdem er die Proben zur Post gebracht hat. Ich hab ihm gesagt, dass ich das nach dem Training noch machen könnte, aber er hat von sich aus angeboten, das zu übernehmen.«

Das war wirklich nett von Paolo. Trotzdem zögerte ich, dabei konnte ich nicht einmal sagen, warum. Gerade hatte ich noch gedacht, dass ich einen Nachmittag hier raus müsste, um auf andere Gedanken zu kommen, und jetzt, da Angelo mir die perfekte Vorlage lieferte, brachte ich es nicht über mich, mit ihm zu gehen. Vielleicht sollte ich das Einpflanzen der Rebe übernehmen. Es war unfair, Paolo das auch noch zu überlassen – oder würde er es nur wieder als Angriff auffassen, wenn ich ihm die Aufgabe abnahm?

Mein Zwiespalt blieb Angelo nicht verborgen. »Komm schon, ich bringe dir ein paar Tricks bei. Ist sicher lange her, seit du das letzte Mal Kitesurfen warst.«

Meine Mundwinkel hoben sich ohne mein Zutun, denn damit hatte er mich. Ich war wirklich schon ewig nicht mehr Kitesurfen gewesen. Das letzte Mal musste gewesen sein, bevor ich zu meinen Praktika aufgebrochen war. »Ich habe sicher das meiste verlernt.«

»Ach Quatsch.« Er winkte ab. »Das ist wie Fahrradfahren, das verlernt man nicht.«

»Ich glaub dir kein Wort.« Das sagte er jetzt nur, um mich zu ködern.

Etwas Verschmitztes trat in Angelos Augen, das einen warmen Schauer über meinen Rücken rieseln ließ. »Du wirst schon mitkommen müssen, um herauszufinden, wer von uns beiden recht hat.«

Mein Mund klappte auf, aber kein Wort kam heraus. Verdammt, er hatte recht. Und er hatte meinen Kampfgeist geweckt, denn nun *wollte* ich unbedingt herausfinden, ob ich es noch konnte. Ich war nie auch nur annähernd so gut gewesen wie Angelo und seine Freunde, die regelmäßig an Wettkämpfen teilnahmen, aber ich hatte immer Spaß daran gehabt. Und diese Vorfreude kribbelte nun in meinen Fingerspitzen.

»Okay, du hast gewonnen. Ich gehe mich eben umziehen, dann können wir los.« Ohne seine Antwort abzuwarten, lief ich zurück ins Haus. In meinem Schlaf-

»Der erste Versuch nach einer längeren Pause ist immer knifflig. Das wird schon.«

»Hoffentlich. Ich muss wie eine blutige Anfängerin ausgesehen haben.« Ich wischte das Wasser von meinem Gesicht, dann legte ich meine Hand auf seine Schulter, um mich an ihm abzustützen. Dabei kamen wir uns so nah, dass unsere Gesichter nur noch Zentimeter voneinander entfernt waren. Ich konnte den dunkleren Ring um seine ockerfarbene Iris erkennen und die kleine Narbe an seiner Nase. Er war als Kind einmal gegen die Tischkante gelaufen. Alles an Angelo war mir so unfassbar vertraut, weil ich ihn schon fast mein ganzes Leben lang kannte, trotzdem kam es mir gleichzeitig so vor, als würde ich ihn gerade auf eine völlig neue Weise kennenlernen. Da war etwas zwischen uns, das neu und aufregend und unerwartet war. Meine Hand, die noch immer auf Angelos Schulter lag, glühte durch den Kontakt mit seiner Haut. Es war eine ebenso unerwartete wie willkommene Empfindung.

Dann passierte es. Eine hohe Welle schlug über uns zusammen und überraschte uns. Sie fegte uns von den Boards und unterbrach den Moment. Ich schluckte Wasser und kam hustend wieder an die Oberfläche.

Angelo tauchte neben mir auf und klopfte mir auf den Rücken: »Ich glaube, das war das Zeichen, mit dem Surfen weiterzumachen.«

Ich sah ihn an, suchte in seinem Blick etwas von der Verbindung, die ich gerade noch zwischen uns gespürt hatte, doch da war nichts mehr. Da war nur noch der Angelo, der früher mit mir gespielt hatte, sorgenfrei wie eh und je. Er machte nicht den Eindruck, als hätte er ebenfalls gespürt, dass da *mehr* zwischen uns gewesen war. Hatte ich mir das also alles nur eingebildet? Ich wusste es nicht. Gerade wusste ich gar nichts mehr.

Aber ich hatte auch keine Zeit, weiter darüber nachzudenken. Angelos saß bereits auf dem Board neben mir und wartete auf meine Antwort.

Reiß dich zusammen, Emilia, forderte ich mich im Stillen auf. Mit gestrafften Schultern wandte ich mich ihm zu: »Ja, ich versuche es nochmal. Hilfst du mir, das Kite in die Luft zubringen? Diesmal lass ich mich nicht überrumpeln.«

Lies weiter in Kapitel 17.

das Kite richtig und wurde sofort von einer Windböe mitgezogen.

Mühelos glitt er über das Wasser und ich konnte meinen Blick nicht von ihm abwenden. Vor allem nicht bei seinen Jumps und Grabs. Er ließ es aussehen, als wäre Kitesurfen eine der leichtesten Sportarten überhaupt, dabei wusste ich genau, wie schwer es war. Aber wenn ich Angelo beobachtete, konnte ich mir fast einbilden, dass ich den Dreh in kürzester Zeit wieder raushaben würde.

Vor allem aber war ich mir sicher, dass er den Wettkampf am Wochenende mit Leichtigkeit gewinnen würde. Wenn er dort auch so surfte, würde ihm niemand den ersten Platz streitig machen können. Denn Angelo war zwar bei weitem nicht der Einzige, der hier gerade trainierte, aber niemand sonst sprang so hoch, drehte sich so elegant oder kam so sicher wieder auf der Wasseroberfläche auf wie er.

Allmählich stieg meine Lust, es doch selbst zu versuchen, daher schnappte ich mir Board und Kite und lief damit ins Wasser. Ich hatte so lange in der warmen Sonne gesessen, dass mir das Meer unfassbar kalt vorkam, als ich den ersten Fuß hineinsetzte, doch schon bald empfand ich die Kühle eher als erfrischend.

Angelo kam sofort zu mir. Nebeneinander glitten wir über die Wellen, während er meine Erinnerung auffrischte, wie ich das Kite gegen die Böen stabilisieren konnte, die über den Strand wehten. »Die Füße schön weit auseinanderstellen, damit du einen sicheren Halt hast. Und versuche anfangs, nicht die höchsten Wellen zu nehmen, um erst mal wieder reinzukommen.«

Ich nickte, dann probierte ich es. Die Hände fest um die Bar gelegt, sah ich nach oben, da zog mich eine Windböe nach vorne. Leider anders als erwartet. Ich verlor das Gleichgewicht, flog in hohem Bogen vom Board und fiel der Länge nach ins Wasser. Prustend tauchte ich wieder auf: »Das hat ja hervorragend funktioniert.«

Angelo stimmte in mein Lachen mit ein. Er kam zu mir geschwommen und hielt sich an meinem Board fest, damit wir nicht auseinandergetrieben wurden. Dabei streifte sein Oberarm meine Schulter und schickte ein heißes Prickeln durch meinen Körper.

Kapitel 14

hatte wie er. Es schien also, als hätten wir beide die richtige Entscheidung getroffen.

Ich hatte es auf jeden Fall.

Der Startschuss ertönte. Umgehend steuerte Angelo die erste Welle an, die ihn mithilfe des Windes weit in die Luft wirbelte. Er vollführte einen Salto, bei dem ein Raunen durch die Zuschauenden ging, ehe er sicher auf dem Wasser landete.

Mit jeder weiteren Welle schien er höher zu fliegen, wildere Kunststücke zu vollführen, und jedes Mal stockte mir der Atem. Noch zu frisch war der Vorfall beim letzten Wettkampf, wo er wegen einer Unachtsamkeit einen Fehler begangen hatte, der ihn den Sieg gekostet hatte.

Aber ich hätte mir keine Sorgen zu machen brauchen. Er legte eine perfekte Show hin, leistete sich nicht den kleinsten Wackler. Das Publikum rastete aus. Mir war klar, dass er mit Abstand auf Platz 1 lag, noch bevor die Jury ihre Wertung bekannt gegeben hatte.

Ich fiel Papà um den Hals, verschüttete dabei den Rest meiner Cola im Sand, aber das war mir so was von egal. Angelo war da, wo er hingehörte, und jetzt wollte ich ebenfalls dort sein, wo ich hingehörte: an seiner Seite, um den Erfolg mit ihm zu feiern.

Sobald Angelo aus dem Wasser kam, raste ich auf ihn zu und warf mich in seine Arme. Lachend fing er mich auf und hielt mich fest. Dass er noch klatschnass war, interessierte mich dabei überhaupt nicht. Ich überfiel ihn regelrecht mit einem Kuss, der uns beide atemlos zurückließ. »Glückwunsch. Ich wusste, dass du es packen würdest.«

Vorsichtig stellte er mich zurück auf den Boden und strich mir eine Haarsträhne aus der Stirn. »Nur weil du hier bist. Du bist mein Glückbringer.«

Ich verkniff mir, ihn daran zu erinnern, dass ich beim letzten Mal genau das Gegenteil gewesen war. Wir hatten alle Differenzen ausgeräumt und er wusste, dass er sich wegen Paolo keine Gedanken mehr machen musste.

Stattdessen stellte ich mich auf die Zehenspitzen und raunte ihm zu: »Wenn wir zu Hause sind, zeige ich dir, was ich sonst noch alles für dich bin.«

Angelo schluckte und sein Blick verdunkelte sich. Seine Lippen streiften die meinen. »Am liebsten würde ich dich jetzt packen, nach Hause bringen und bis morgen früh nicht mehr aus meinem Bett entlassen.«

»Ich halte dich nicht davon ab.« Und ich würde sicherstellen, dass er dieses Versprechen einlöste.

ENDE

3 Monate später …

V iel Glück!«
Ich verabschiedete Angelo mit einem innigen Kuss, dann sah ich dabei zu, wie er sich sein Kite schnappte und aufs Wasser zulief. Er legte das Board auf dem Meer ab, wartete, bis das Kite hoch in der Luft war, dann ließ er sich von Wind und Wellen hinaustragen.

Heute stand ein weiterer Wettbewerb an und diesmal war ich sicher, dass er den ersten Platz belegen würde. Noch einmal würde er sich nicht ablenken lassen, dazu hatte er auch gar keinen Grund.

Die letzten drei Monate waren die schönsten meines Lebens gewesen. Angelo war noch immer mein bester Freund, aber jetzt waren wir auch so viel *mehr*. Wir redeten, scherzten und stritten miteinander wie früher, aber jetzt konnte er mich auch in Extase versetzen. Ein Blick aus seinen warmen, braunen Augen reichte aus, um mir weiche Knie zu verschaffen. Eine simple Berührung von ihm setzte mein Blut in Flammen. Früher hätte ich nie vermutet, dass das etwas war, was ich mir ersehnte, doch jetzt konnte ich es mir gar nicht mehr anders vorstellen.

»Hier.«

Papà hielt mir eine Cola unter die Nase und riss mich so aus meinen Gedanken. Ich trank einen kühlenden Schluck.

»Danke, das tut gut. Sollen wir weiter vor gehen, um Angelo besser anfeuern zu können?«

Papà nickte und gemeinsam gingen wir zur Uferlinie. Sein Bein war längst verheilt, nur eine leicht rötliche Narbe knapp unterhalb seines Knies war noch übrig von der Verletzung, die mich zurück nach Sizilien geholt und alles in Gang gesetzt hatte.

Mein Blick schweifte über das Meer, bis ich Angelo fand. Er sah gerade ebenfalls in unsere Richtung und winkte uns zu. Noch drei Surfer waren vor ihm, ehe er an der Reihe sein würde. In der Vorrunde hatte er das Feld dominiert, und ich ging fest davon aus, dass er seine Leistung auch im Finale abrufen konnte.

Plötzlich rief jemand meinen Namen. Ich drehte mich um und entdeckte Paolo und Sofia, die durch den Sand auf uns zugejoggt kamen. »Sind wir zu spät?«

»Gerade noch rechtzeitig, Angelo ist gleich dran.« Ich umarmte die beiden, dann wandte ich den Blick wieder nach vorne.

Kurz nachdem ich fest mit Angelo zusammen gekommen war, hatte ich ein langes Gespräch mit Paolo geführt. Auch zwischen uns war im Sommer etwas gewesen, das ich zuvor nicht verspürt hatte, aber es war nicht gegen die Empfindungen angekommen, die Angelo in mir ausgelöst hatte. Erst hatte Paolo geknickt gewirkt, bis er Sofia kennengelernt hatte. Zwischen ihnen hatte es sofort gefunkt, weil sie ein ähnlich feuriges Temperament

Kapitel 15

Cannoli Siciliani

Eine süße Spezialität aus dem sizilianischen Raum sind die köstlichen Cannoli, kleine frittierte Teigrollen, in die eine Creme gefüllt wird. Sie ist eine der ältesten, bis heute beliebten Süßspeisen aus dem italienischen Raum und es gibt sie in diversen lokalen Variationen. Beliebt sind beispielsweise eine Schokoladencreme *(Crema al Cioccolato)* oder eine besonders in Catania häufig zu findende Pistaziencreme *(Crema al Pistacchio)*. Das Original, das wohl auf arabischen Rezepten beruht, wird allerdings mit gesüßter Ricotta gefüllt. Die Teigrolle kann mehr oder weniger dunkel sein, je nachdem, wie viel Kakao man zugibt. Traditionell wird in Messina beispielsweise der Cannolo in sehr heller Farbe gegessen. Ursprünglich sind die Cannoli vermutlich für die Karnevalsfeierlichkeiten entstanden, doch inzwischen werden sie sehr gerne das ganze Jahr über gegessen und dürfen an keinem Feiertag fehlen.

Der Name ›cannolo‹ bedeutet so viel wie ›kleines Rohr‹, was sich von den Schilfrohren ableitet, mithilfe derer sie früher geformt wurden. Heute verwendet man übrigens zur Cannoli-Herstellung meist Metallrohre.

ZUTATEN:

für die Cannoli:
· 250 g Weizenmehl (Type 00)
· 35 g Zucker
· eine Prise Salz
· 2 Eigelb
· 40 g Butter
· 60 ml trockener Marsala
· ein Teelöffel Essig
· abgeriebene Schale
von einer Bio-Zitrone
· ein Teelöffel Backkakao
· Öl zum Frittieren
· Fett zum Bestreichen
für die Formen der Cannoli
· etwas Eiweiß zum Bestreichen

Für die Cremefüllung:
· 800 g Ricotta
· 250 g Puderzucker
· Zimt nach Belieben

ZUBEREITUNG:

Vor der Zubereitung der Cannoli den Ricotta abtropfen lassen. Anschließend den Ricotta umrühren und dann den Zucker untermischen. Der Ricotta sollte eine cremige Konsistenz haben. Ggf. durch ein Sieb drücken, bis die Creme samtig ist. Nach Belieben Zimt oder kandierte Früchte unterrühren, dann die Creme abgedeckt in den Kühlschrank stellen.
Für den Cannoli-Teig Mehl, Zucker, Salz, Eigelbe und die Butter auf einer Arbeitsplatte zu einem festen, nicht mehr krümeligen Teig verkneten. Anschließend Marsala, Essig sowie die Zitronen-schale und den Backkakao hinzufügen. Weiterkneten, bis ein gleichmäßiger Teig entstanden ist. In eine Frischhaltefolie ein-gewickelt für zwei Stunden in den Kühlschrank legen.

Das Öl zum Frittieren in einem großen Topf auf etwa 170 °C erhitzen. Achtung: Unbedingt aufpassen, denn heißes Öl spritzt und kann dadurch leicht verletzen! Den Teig maximal 2 mm dick ausrollen. Dann Kreise von ca. 12 cm Durchmesser ausstechen. Das Metallrohr fetten, einen Teigkreis um das Rohr rollen, mit ein wenig Eiweiß die Teigenden aneinander festkleben und ggf. leicht andrücken. Das fertige Röllchen mit dem Metallrohr in das erhitzte Öl (ca. 165 bis 170 Grad) geben und frittieren, bis es goldbraun wird und Blasen wirft. Herausnehmen und abtropfen lassen, dann erst das Rohr entfernen (Achtung: Der Teig ist zer-brechlich). So verfahren, bis der Teig vollständig frittiert ist.

Die Cannoli kurz vor dem Servieren mit der Creme befüllen. Nun die fertigen Cannoli noch mit Puderzucker bestauben und die Ricottacreme nach Belieben mit gehackten Nüssen oder kandierten Früchten dekorieren. Geschafft!

Buon Appetito!

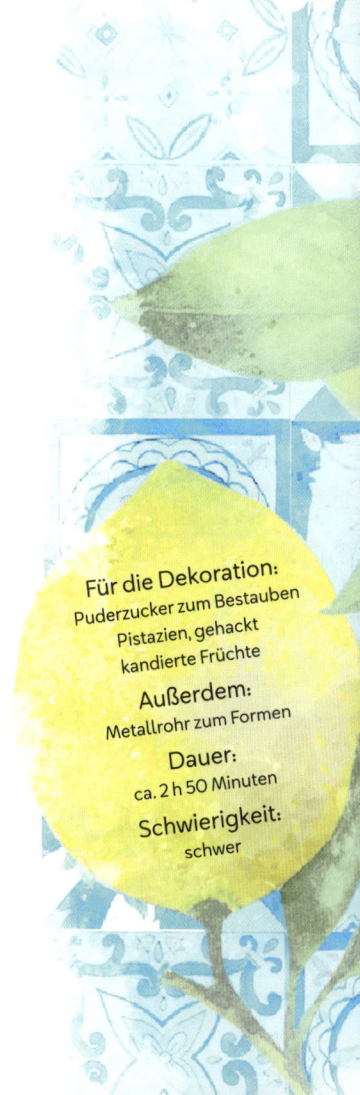

Für die Dekoration:
Puderzucker zum Bestauben
Pistazien, gehackt
kandierte Früchte

Außerdem:
Metallrohr zum Formen

Dauer:
ca. 2 h 50 Minuten

Schwierigkeit:
schwer

dort wirklich genossen und werde sie in guter Erinnerung behalten. Sie alle haben es mir leicht gemacht, mich dort wohlzufühlen ...« Ich brach ab, weil ich nicht wusste, wie ich den Satz zu Ende führen sollte, ohne zu erwähnen, dass auch Paolo ein wichtiger Grund war, warum ich bleiben wollte. Papà war kein Fan davon, seine Pläne wegen der Liebe über den Haufen zu werfen.

»Ich verstehe deine Gefühle«, sagte Papà. »Ich habe dich schmerzlich vermisst, als du fort warst, und mir ist in den letzten zwei Wochen bewusst geworden, wie viel lebendiger und bunter dieses Haus mit dir darin ist. Aber ich denke auch, dass du das Praktikum zu Ende führen solltest. Du hast ja selbst gesagt, dass du dich dort wohlfühlst. Die letzten Monate sollten ein Klacks für dich sein, und du kannst dann noch etwas für deine Visionen mitnehmen. Du wolltest hier doch immerhin mehr Verantwortung übernehmen.«

Meine Gedanken rasten und ich suchte fieberhaft nach Argumenten, wie ich Papà endlich überzeugen konnte. Da erregte eine Bewegung in meinem Augenwinkel meine Aufmerksamkeit. Paolo stand im geöffneten Küchenfenster, seine Gesichtszüge waren hart und ein verletzter Ausdruck lag in seinen Augen. Als er meinen Blick bemerkte, wandte er sich abrupt ab.

Mein Herz sank. Verdammt, er schien das völlig falsch verstanden zu haben.

Papà merkte davon nichts und fuhr ungerührt fort: »Denk nur mal darüber nach, wie gut sich das in deiner Vita macht, vor allem, wenn du später das Gut Savoca übernehmen wirst. Wenn du dann ab November zurückkehrst, werde ich dir mehr Verantwortung übertragen, vielleicht überlasse ich dir sogar schon den Sitz in der Winzergenossenschaft.« Doch seine Worte nahm ich schon nur noch am Rande wahr.

»Entschuldige mich bitte kurz, Papà«, unterbrach ich ihn und eilte hinaus.

Paolo stieg gerade auf sein Motorrad.

»Warte«, rief ich und rannte auf ihn zu.

Sein Kopf ruckte in meine Richtung, während er den Motor aufheulen ließ. Durch das geöffnete Visier sprühten seine Augen Feuer, und automatisch zuckte ich zurück, erinnert an die ersten Tage nach meiner Rückkehr. »Ich hätte mich nie auf dich einlassen sollen. Es war doch klar, dass du nicht an etwas Ernsthaftem interessiert bist.« Damit schloss Paolo das Visier und brauste davon.

Sprachlos sah ich ihm hinterher. Unter meinen Augenlidern brannte es verräterisch und mein Herz zerbarst in tausend Teile. Wie hatte sich das Blatt nur so schnell ins Negative wenden können?

Lies weiter in Kapitel 20.

Die letzte Nacht mit Paolo war so wundervoll gewesen – auch wenn ich sein Bett im Morgengrauen verlassen hatte, um nach Hause zu gehen, damit Papà nicht bemerkte, dass ich die ganze Nacht weg gewesen war. Es kam mir vor, als könnte ich noch immer Paolos Lippen auf meinen spüren, seine Berührungen auf meiner Haut. Ich wollte all das nicht zurücklassen. Nicht jetzt, wo es noch so frisch war und ich Angst hatte, dass es jeden Moment wieder verpuffen könnte.

Papà stand neben Giorgia am Herd, als ich in die Küche kam. In einer Pfanne vor ihm brutzelte Rührei. Seine Krücken standen an die Wand gelehnt zwei Meter von ihm entfernt. Obwohl er seinen Gips noch trug, wurde es immer offensichtlicher, dass er sie zur Fortbewegung kaum noch brauchte und der ursprüngliche Grund meines Aufenthalts hier nicht länger bestand.

»*Buon giorno*«, begrüßte ich die beiden.

Giorgia wandte sich mir mit geschürzten Lippen zu: »Dein Papà weigert sich heute, Hilfe anzunehmen.«

Der schnalzte mit der Zunge: »Ich kriege alles wieder allein hin, das habe ich Ihnen doch gesagt.« Als er mich ansah, wurden seine Züge weicher. »Guten Morgen, *cara mia*. Setz dich doch schon mal.«

»Ich kann hier übernehmen«, sagte ich zu Giorgia, denn mir war bewusst, welches Gespräch jetzt folgen würde, und da wollte ich keine Außenstehenden dabeihaben. Nach kurzem Zögern nickte sie, schnappte ihre Tasche und verabschiedete sich.

Während Papà unser Frühstück zubereitete, deckte ich den Tisch und kochte uns Kaffee. Aber eigentlich war ich mit den Gedanken nur darauf konzentriert, wie ich ihm sagen sollte, dass ich nicht zurück nach Frankreich wollte.

»Wie du siehst, bin ich schon wieder richtig mobil«, sagte er, sobald wir am Tisch saßen. »Und das Problem mit den Reben haben wir auch gelöst. Es gibt eigentlich keinen Grund mehr für dich, länger hierzubleiben.«

Obwohl ich mit diesem Gespräch gerechnet hatte, verging mir der Appetit. Ich schob den Teller ein Stück zurück und nahm all meinen Mut zusammen. »Darüber wollte ich auch mit dir sprechen. Die letzten Wochen haben mir gezeigt, wie sehr ich Sizilien und vor allem euch vermisst habe. Das ist mir im Ausland gar nicht bewusst gewesen. Vielleicht habe ich es auch nur verdrängt, um nicht zu viel Heimweh zu haben. Aber wenn ich ehrlich sein soll, möchte ich nicht mehr zurück.«

»Emilia ...«, begann er.

»Lass mich bitte ausreden«, bat ich. »Ich habe in den letzten Jahren viel gelernt, und dafür bin ich sehr dankbar, aber ich denke nicht, dass dort in den verbleibenden vier Monaten noch viel dazukommen kann. Die Dubois hatten mir schon angeboten, das Praktikum abzubrechen, als ich zu dir geflogen bin. Ich habe die Zeit

Kapitel 16

Hause fahren ließ. Etwas, das sich so richtig anfühlte, konnte nicht falsch sein.

Das Taxi setzte mich vor meinem Elternhaus ab. Papà warf mir einen irritierten Blick zu, kommentierte meine Rückkehr aber nicht. Ich ließ meinen Koffer in der Eingangshalle stehen, schnappte mir den Autoschlüssel und sprang in unseren Pick-up.

Zuerst versuchte ich es bei Angelos Wohnung, traf ihn dort aber nicht an. Obwohl ich bestimmt einige Minuten Sturm klingelte, rührte sich im Inneren nichts. Aber ich ahnte bereits, wo er stattdessen sein würde.

Ich fuhr zu dem Strand, an den Angelo öfter zum Kitesurfen ging, ließ den Wagen am Wegesrand stehen und entdeckte sofort eine Gruppe Kitesurfer, die sich am und im Wasser tummelten. Jeden einzelnen von ihnen musterte ich prüfend, bis ich Angelo im Wasser entdeckte. Er ritt gerade eine Welle, ließ sich vom Kite in die Lüfte ziehen und landete sicher auf dem Board. So elegant, als hätte er in seinem Leben nie etwas anderes getan – und als wäre der Fehler beim Wettbewerb längst Vergangenheit.

Er war so weit draußen, dass er mich nicht bemerkte, daher lieh ich mir ein Surfboard von Angelos Freund Luca und paddelte, ohne mir die Zeit zu nehmen, das Kite daran zu befestigen, zu ihm hinaus. Das Wasser war kühl und die Wellen höher als in den letzten Tagen, was es zu einer anstrengenden Tortur mach-

te, aber das konnte mich nicht aufhalten. Unermüdlich paddelte ich weiter in seine Richtung, auch als meine Oberarme längst zu brennen begonnen.

Als Angelo mich bemerkte, fiel er vor Schreck vom Board ins Wasser. Prustend tauchte er wieder auf und sah mich ungläubig an. »Emilia?«, rief er mir über das Rauschen des Meeres und Windes zu.

»Wer denn sonst? Die heilige Mutter Maria?«, schrie ich zurück.

Er holte sein Kite ein, rollte es vor sich auf dem Board zusammen und paddelte in meine Richtung. Neben mir hielt er an und legte eine Hand auf mein Board, damit wir nicht auseinanderdriften konnten. »Ich dachte, du wärst längst im Flugzeug auf dem Weg nach Frankreich.«

Die ganze aufgestaute Wut brach aus mir heraus. »Das könnte dir so passen, was? Dass ich mich aus dem Staub mache und du um eine Erklärung herumkommst. Fast hättest du deinen Willen bekommen. Ich war schon am Flughafen, aber dann hab ich es nicht über mich gebracht. Ich konnte nicht fliegen, ohne zu erfahren, warum du mich jetzt plötzlich nicht mehr hierhaben willst.«

Verständnislos blinzelte Angelo mich an. »Was? Was redest du denn da? Natürlich möchte ich dich hierhaben. Ich will doch nur nicht der Grund dafür sein, dass du dein Praktikum abbrichst.«

>>>

Den Rest des Tages sah und hörte ich nichts von Angelo. Je länger die Funkstille dauerte, desto verzweifelter wurde ich. Nach allem, was in den letzten Tagen zwischen uns gewesen war, war ich mir sicher gewesen, dass er mir sein Verhalten erklären würde. Doch da hatte ich mich wohl getäuscht.

Mehrmals hatte ich mein Handy in der Hand, um ihn anzurufen, steckte es aber unverrichteter Dinge wieder weg. Ich wollte, dass er sich *bei mir* meldete, wollte wissen, ob ich ihm genug bedeutete, dass er den ersten Schritt auf mich zumachte, aber stattdessen blieb mein Handy erschreckend still.

Also versuchte ich, mich erneut mit Arbeit abzulenken, setzte mich sogar an die mir sonst so verhasste Buchhaltung. Als die Zahlen vor meinen Augen zu einer unkenntlichen Masse zu verschwimmen begannen, gab ich schließlich auf und machte einen Spaziergang an der frischen Luft. Der Rebstock im Testfeld erholte sich von Tag zu Tag mehr, aber nicht einmal das konnte mich heute aufheitern.

Nachdem ich bis spät am Abend noch immer nichts von Angelo gehört hatte und er auch nicht ans Handy ging, als ich es endlich über mich brachte, ihn anzurufen, buchte ich schweren Herzens ein Flugticket nach Frankreich für den kommenden Tag.

Morgens wachte ich mit noch mehr Herzschmerz auf. Mein Koffer war in zehn Minuten gepackt. Ich schob ihn vor mir her, als ich die Küche betrat. Papà saß am Esstisch, einen Kaffee und die aufgeschlagene Zeitung vor sich, sprang aber auf, als er mich sah. Er zog mich in eine feste Umarmung, die ich kaum spürte. »Ciao, cara mia.« Kaum hatte er mir alles Gute gewünscht, hupte schon das bestellte Taxi, das mich zum Flughafen bringen sollte. Wie in Trance stieg ich ein.

Die Fahrt verging gleichermaßen viel zu schnell und quälend langsam. Je näher ich dem Flughafen von Catania kam, desto lauter wurde die kleine Stimme in mir, die mich anschrie, dass das hier absolut falsch war. Als wüsste ein tief verborgener Teil von mir, dass ich nicht einfach abreisen sollte. Es wurde so schlimm, dass ich wie erstarrt in der Abflughalle stand und mich nicht rühren konnte. Der Check-in-Schalter war nur wenige Meter von mir entfernt, aber ich brachte es einfach nicht über mich, darauf zuzugehen.

Ich zog mein Handy hervor und versuchte ein weiteres Mal, Angelo zu erreichen, doch mein Anruf wurde direkt zur Voicemail weitergeleitet. Vermutlich sollte das mein Zeichen sein, diesen Flug nun zu nehmen, doch stattdessen umfasste ich, auf einmal entschlossen, den Griff meines Koffers und verließ die Abflughalle.

Ich musste nochmal mit Angelo sprechen. Vielleicht beging ich gerade einen riesengroßen Fehler, aber es fühlte sich nicht danach an. Mein Herz wurde leichter, als ich in das nächste Taxi sprang und mich zurück nach

dich war ich immer nur der beste Freund. Ich wollte dich nie zu etwas drängen und vor allem nicht verlieren. Klar gab es immer mal wieder Frauen, die ich zwar mochte, aber für die habe ich nie das gleiche empfunden wie für dich. Ich hatte die Hoffnung, dass du vielleicht irgendwann erkennen würdest, dass das zwischen uns etwas Großartiges werden könnte, aber das war nie der Fall.«

Ich schluckte. »Bis jetzt.«

Er lachte heiser. »Bis jetzt. Und ich gebe zu, ich hab dem Braten nicht getraut. Ich dachte, vielleicht bin ich einfach eine Sommerromanze für dich. Ich hätte nie für möglich gehalten, dass du *wegen mir* hierbleiben willst. Deshalb habe ich zugestimmt, als dein Papà mich um Hilfe gebeten hat.«

Ein überraschtes Lachen brach aus mir heraus. »Ich wollte *auch wegen dir* hierbleiben. Ich weiß nicht, was genau passiert ist, aber seit meiner Rückkehr sehe ich dich plötzlich mit ganz anderen Augen. Seit dem ersten Tag meiner Rückkehr habe ich gespürt, dass da etwas zwischen uns ist. Und genau deshalb würde ich wirklich gerne herausfinden, wo das mit uns hinführt. Und nicht nur als Sommerromanze. Also, wenn du das auch willst.«

Angelos Augen strahlten, als er von seinem Board auf meines herüberkletterte. »Natürlich will ich das. Das will ich schon, seit ich denken kann.«

Dann endlich verschloss er meine Lippen mit dem Kuss, den ich mir seit gestern herbeisehnte. Eigentlich schon seit sehr viel länger, wie ich gerade feststellte. Ich krallte mich an seinen Schultern fest und rutschte auf dem Board so dicht wie möglich an ihn heran. Angelo strich mit seiner Zunge über meine Lippen und ich gewährte ihm Einlass. Wünschte mir, dass das hier niemals ein Ende nehmen würde.

Doch viel zu schnell löste sich Angelo von mir. »Es wird hier etwas ungemütlich, sollen wir das an einem anderen Ort weiterführen?« Er strich mir eine nasse Haarsträhne aus der Stirn.

Eine Welle schaukelte das Board durch. Ich krallte mich an Angelos Schultern fest, um nicht ins Wasser zu fallen. »Das ist eine gute Idee.« Denn so nah, wie ich ihm kommen wollte, würde ich es hier nicht tun können.

Am Fußband zog Angelo sein Board zurück und gemeinsam paddelten wir zurück zum Ufer ... und in eine hoffentlich lange, gemeinsame Zukunft.

Bist du bereit für das Happy End? Dann blättere jetzt zu Kapitel 14.

»Aber warum?«, schrie ich ihm regelrecht entgegen, obwohl er direkt vor mir war, die Hand immer noch auf meinem Board, damit wir nicht von den Wellen auseinandergetragen wurden. »Warum ist dir dieses verdammte Praktikum so wichtig? Ich hatte gedacht, das mit uns hätte dir etwas bedeutet, aber du wolltest mich gestern offenbar einfach nur loswerden.« Meine Stimme drohte zu kippen und in meinen Augenwinkeln setzte ein verräterisches Brennen ein, aber ich drängte es mit aller Macht zurück. Auf gar keinen Fall wollte ich in diesem Moment anfangen zu weinen.

Angelos Gesicht verzog sich entschuldigend. Mit einer Hand wischte er mir eine nasse Haarsträhne aus der Stirn. »Mir ist das gar nicht wichtig, aber deinem Papà.«

Ich ignorierte das Schaudern, dass diese sanfte Geste in mir verursachte. »Was hat er damit zu tun?« Dass Papà wollte, dass ich dieses Praktikum zu Ende führte, hatte er mir mehrfach eingetrichtert, seit ich aus Frankreich zurückgekehrt war. Das erklärte aber nicht, warum sich Angelo plötzlich auf seine Seite schlug.

»Weil er mich darum gebeten hat, ihm beizuspringen. Er hatte schon länger den Verdacht, dass du nicht zurückwillst, nachdem du erst in Sizilien warst, und dachte, wenn wir beide derselben Meinung sind, könnte dich das eher überzeugen.«

Vor Verblüffung stand mir der Mund offen. Also hatte sich das Gespräch der beiden in der Küche nicht nur wie ein Hinterhalt angefühlt, es war auch einer gewesen. »Und da hast du einfach so zugestimmt? Nach allem, was zwischen uns vorgefallen ist, dachtest du, es wäre eine gute Idee, mir das Gefühl zu vermitteln, dass ich dir völlig egal bin?«

Voller Reue schüttelte Angelo den Kopf. »Wie hätte ich deinem Vater diese Bitte denn abschlagen sollen? Abgesehen davon dachte ich, dass du den Abstand vielleicht gut gebrauchen könntest. Dass wir *beide* den Abstand gut gebrauchen könnten.«

»Jetzt verstehe ich wirklich gar nichts mehr«, gestand ich. Das alles ergab überhaupt keinen Sinn, und zum ersten Mal fragte ich mich, ob ich nicht doch besser in das verdammte Flugzeug gestiegen wäre.

Angelo stieß einen gequälten Laut aus, und erst jetzt meinte ich zu begreifen, wie sehr diese Situation auch ihm zusetzte. »Weißt du, wie lange ich schon in dich verliebt bin?«

Fast hätte ich gelacht. »Seit nie?«, entgegnete ich sarkastisch.

Er verdrehte die Augen. »Seit der dritten Klasse.«

Das konnte nicht sein. »Damals waren wir doch noch Kinder.«

»Natürlich hatte ich da noch keine Ahnung, was das für Gefühle waren, aber rückblickend bin ich mir absolut sicher, dass ich schon damals in dich verliebt war. Aber *du* hast mich nie auf diese Weise betrachtet. Für

Kapitel 17

Schrei aus und wirbelte zu ihm herum. »Willst du mich umbringen?« Ich schlug auf seinen Oberarm, dann zog ich ihn in eine feste Umarmung.

Angelo drückte mich an sich und ich genoss das Prickeln, das dabei durch meinen Körper raste.

»Sorry, ich wollte dich nicht erschrecken.«

»Schon gut. Ich bin froh, dass ich dich nochmal sehe, bevor es losgeht. Bist du gut vorbereitet?«

Angelo entließ mich aus seinen Armen und trat einen Schritt zurück. »Ich werde mein Bestes geben.«

»Du rockst das.« Wenn er so surfte, wie ich es von ihm kannte, würde ihn keiner schlagen.

Er lachte rau. »Das wäre schön, aber heute treten viele talentierte Surfer an. Kann also gut sein, dass ich es nicht aufs Treppchen schaffe.«

Diese Bescheidenheit mochte ich normalerweise an ihm, aber gerade wünschte ich mir, er hätte etwas mehr Vertrauen in sich selbst. Aber wenn er das nicht konnte, würde ich das halt für ihn übernehmen.

Ich griff nach Angelos Hand und verschränkte unsere Finger miteinander. Wartete darauf, dass er mir in die Augen sah. »Du bist unfassbar gut, Angelo. Das warst du schon immer. Selbst wenn die Konkurrenz heute stark ist, du bist besser. Ich glaube ganz fest daran, dass du jede und jeden Einzelnen schlagen wirst.«

Angelo öffnete den Mund, aber kein Ton kam heraus. Stattdessen drückte er meine Hand, und ich ver-

stand. So, wie es schon früher der Fall gewesen war. Ich war froh, dass sich daran nichts geändert hatte.

Nur, war das wirklich so? Ich sah in Angelos hellbraune Augen, die mich mit einer Intensität musterten, die ich so *nicht* kannte. Spürte das leichte Flattern in meinem Bauch, das ebenfalls neu war, genauso wie das Prickeln, das von unseren verschränkten Händen meinen Arm hinauf jagte.

»Hier ist dein Wasser.«

Paolos Stimme riss mich zurück ins Hier und Jetzt. Mit hämmerndem Herzen wirbelte ich zu ihm herum und ließ Angelos Hand los. Ich hatte Paolo nicht kommen hören, was bei der Lautstärke um uns herum aber kein Wunder war. Hitze schoss in meine Wangen und ich konnte nur hoffen, dass man mir nicht ansah, wie sehr ich errötete.

»Danke.« Ich trank einen großen Schluck, um meine Unsicherheit zu überspielen.

»Schau mal, ich hab Angelo gefunden«, sagte ich dann unnötigerweise, denn die beiden Männer sahen sich längst an, auch wenn sie kein Wort zueinander sagten. Plötzlich spürte ich eine Spannung zwischen ihnen, die ich mir nicht erklären konnte. Sie wuchs, je mehr Zeit verging, ohne dass jemand sprach, bis ich mir einbildete, sie in der Luft greifen zu können.

Endlich ging ein Ruck durch Paolo. »Denkst du, du kannst gewinnen?«

>>>

Emilia, kommst du? Wir wollen doch nicht zu spät sein.«

Paolo steckte den Kopf ins Wohnzimmer, wo ich gerade noch meinen breitgefächerten Hut aufsetzte, um mir später keinen Sonnenstich zu holen. Mit einem Grinsen drehte ich mich zu ihm herum. »Gerade wolltest du gar nicht hinfahren, und jetzt kannst du es nicht abwarten. Interessant.« Ich hatte Paolo spontan gefragt, ob er mich zu Angelos heute stattfindender Competition begleitete. Nicht nur, damit ich den Tag nicht allein verbringen müsste, sondern auch, weil ich ihn, so erstaunlich mir das nach den letzten Tagen vorkam, besser kennenlernen und Zeit mit ihm verbringen wollte.

Er presste die Lippen fest zusammen, aber sein Blick wurde weicher. »Dir scheint es wichtig zu sein. Ich möchte nur sicherstellen, dass du nichts verpasst.«

Wärme durchströmte mich, weil das unfassbar süß war. »Ich bin schon fertig.« Ich stülpte mir den Hut auf den Kopf und wirbelte zu ihm herum. »Wir können los.«

Als ich mich an Paolo vorbei aus dem Zimmer schob, legte er für einen kurzen Moment eine Hand auf meinen unteren Rücken. Nicht, um mich anzuschieben. Vielmehr kam es mir vor, als könnte er sich einfach nicht davon abhalten, mich zu berühren, wenn ich so dicht an ihm vorbeiging. Was nur davon unterstrichen wurde, dass er die Hand schnell wieder wegzog, als er meinen überraschten Blick bemerkte.

Mit seinem Motorrad fuhr Paolo uns zum Strand. Der Parkplatz war schon so überfüllt, dass wir gar nicht mehr drauffahren konnten, also schob Paolo das Motorrad in eine Lücke zwischen zwei Autos am Straßenrand.

Auch am Strand war einiges los. Die Veranstalter hatten eine riesige Leinwand aufgebaut, auf der Videos früherer Wettkämpfe zu sehen waren, aus Lautsprecherboxen dröhnte Musik und überall waren Leute.

Ich stellte mich auf die Zehenspitzen, um nach Angelo Ausschau zu halten, konnte ihn zwischen den vielen Menschen aber nirgends entdecken. Vielleicht war er aber auch gar nicht auf diesem Strandabschnitt, weil die Teilnehmenden in einem gesonderten Bereich untergebracht wurden. Ein Stich der Enttäuschung fuhr durch mich hindurch. Ich hätte ihm gern noch persönlich viel Glück gewünscht.

»Willst du was trinken?« Paolo musste schreien, damit ich ihn über die Musik hinweg verstehen konnte.

»Gern. Ein Wasser, bitte.«

Er ging zu den Getränkeständen und ich blieb allein in der Masse an Menschen zurück. Irgendwie erinnerte das hier mehr an ein Festival als an einen Wettkampf. Etliche Leute tanzten zu den Beats im Sand, saßen im Kreis zusammen und genossen die lockere Atmosphäre.

»Hey.«

Beim Klang von Angelos Stimme direkt neben meinem Ohr erschrak ich fast zu Tode. Ich stieß einen spitzen

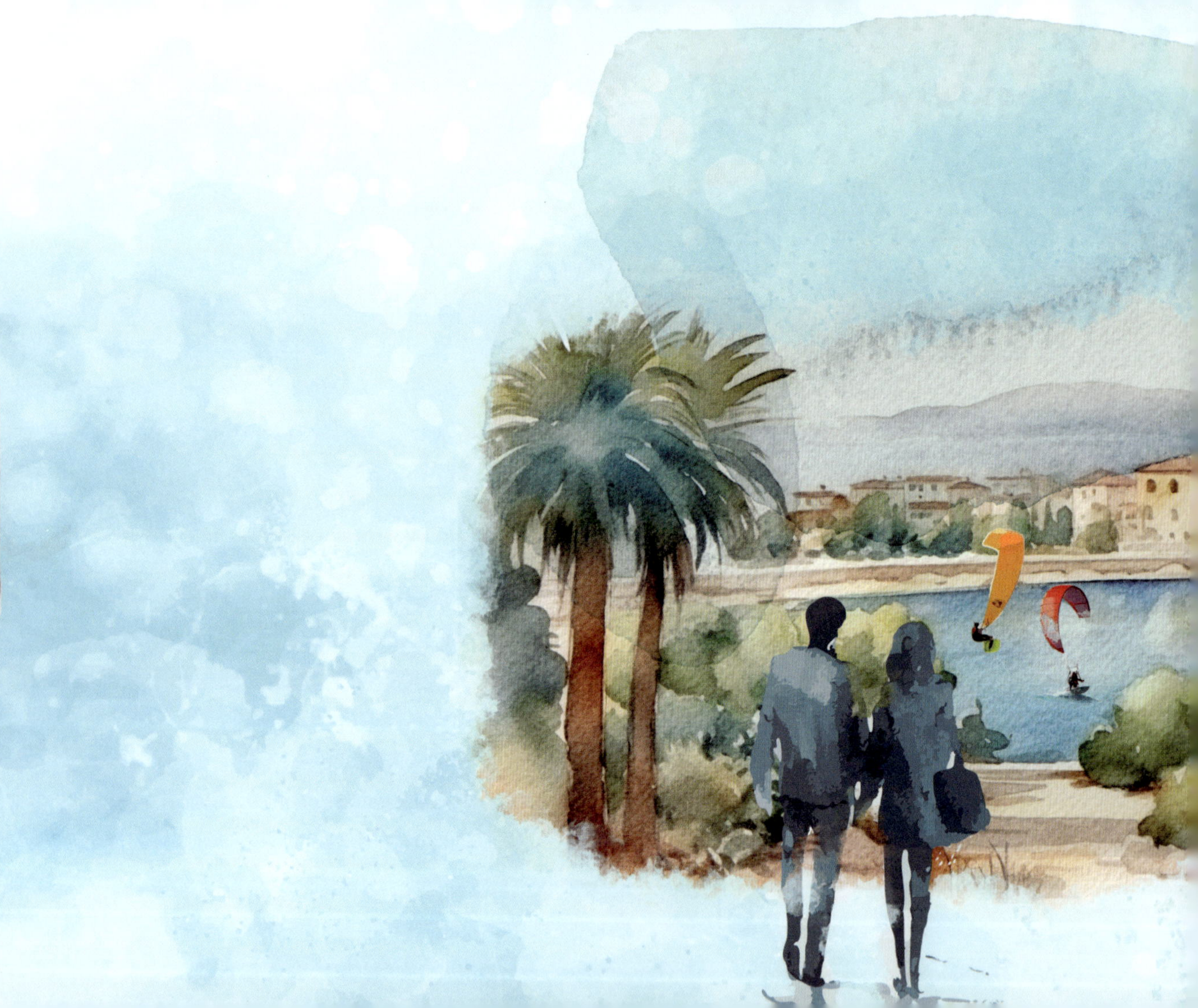

Board mit einer Seite ins Wasser. Ein Raunen ging durch die Zuschauenden. Zwar konnte sich Angelo gerade noch auf dem Brett halten, aber das hatte ihn wichtige Punkte gekostet.

»Ach, das ist doch scheiße.« Enttäuschung machte sich in mir breit, weil ich Angelo diesen Sieg so sehr gegönnt hatte.

Paolo legte eine Hand auf meine Schulter. »Ich bin sicher, dass er noch viele andere Kämpfe gewinnen wird.« Paolos Worte klangen ehrlich, vielleicht hatte ich mir die Spannung zwischen den beiden vorhin also bloß eingebildet.

»Das stimmt natürlich, trotzdem ist es bitter, auf diese Weise zu verlieren, nachdem er das Feld vorher dominiert hat.« Ich nahm einen tiefen Atemzug: »Komm, wir gehen zu ihm, er kann sicher Aufmunterung gebrauchen.«

Sofort verschloss sich Paolos Miene: »Geh lieber allein, ich warte am Motorrad auf dich.« Er wandte sich ab und ich machte mich, etwas verwundert, auf die Suche nach Angelo.

Ich fand ihn bei der Siegerehrung, wo ihm der dritte Platz zugesprochen wurde. Immer noch auf dem Treppchen, aber ich war mir sicher, dass es sich für ihn wie eine Niederlage anfühlen musste.

Sobald er vom Siegerpodest gestiegen war, riss Angelo sich die Bronzemedaille vom Hals. Umgehend wollte ich ihn in den Arm nehmen, aber sein harter Gesichtsausdruck ließ mich innehalten.

»Es tut mir leid, Angelo.«

Er schnaubte. »Warum? Du hast nichts falsch gemacht.« So, wie er mir die Worte entgegenspie, bekam ich den Eindruck, als wäre das sehr wohl der Fall, auch wenn ich keine Ahnung hatte, was ich gemacht haben könnte. »Ich bin derjenige, der es verkackt hat.« Seine Schultern sackten herab, als würde ihm mit einem Mal die Energie fehlen, sich weiter aufzuregen.

»Du wirst noch viele andere Wettkämpfe gewinnen.« Es waren die Worte, die Paolo gerade zu mir gesagt hatte, aber sie nun an Angelo zu richten hinterließ einen bitteren Nachgeschmack auf meiner Zunge.

Der Blick, den er mir zuwarf, war so niedergeschlagen, dass sich mein Herz schmerzhaft zusammenzog. Ich hasste es, ihn so zu sehen. »Soll ich mit zu dir kommen?«

Er schüttelte den Kopf. »Ich möchte lieber allein sein. Wir können morgen reden.«

Du hast die Wahl: Soll Emilia Angelo wirklich in Ruhe lassen? Dann lies weiter in Kapitel 21. Oder bist du überzeugt, dass er dennoch ihre Unterstützung brauchen kann, und lässt Paolo allein heimfahren? Dann blättere jetzt zu Kapitel 19.

»Wenn nicht, würde ich gar nicht erst antreten.« Angelos Erwiderung war genauso frostig wie Paolos Frage und ich musste mir auf die Lippen beißen, um nicht etwas Dummes zu tun, wie zwischen den beiden vermitteln zu wollen. Sie waren erwachsen, und wenn sie diesen kindischen Disput führen wollten, würde ich da bestimmt nicht eingreifen.

Mit einem Mal dröhnte ein lauter Gong über den Strand.

»Ich muss los«, sagte Angelo.

Ein letztes Mal nahm ich ihn in die Arme. »Viel Glück, du schaffst das.«

Er lächelte, dann wandte er sich ab, ohne Paolo eines Blickes zu würdigen. Kurz bevor er den abgesperrten Bereich erreichte, drehte er sich jedoch noch einmal zu mir um. Ich konnte seinen Gesichtsausdruck nicht so recht deuten, aber auch nicht verhindern, dass mein Herz einen überraschten Satz machte.

»Ich bin richtig gespannt auf den Wettkampf«, plapperte ich los. Überwiegend, um das Gespräch mit Paolo wieder aufzunehmen, weil ich die drückende Stille nach Angelos Abgang nicht ertrug. »Die vorderen vier in der Rangliste sind nur wenige Punkte auseinander.«

»Mag sein«, brummte Paolo. »Ich muss gestehen, dass ich das noch nie probiert habe und deswegen kaum was dazu sagen kann.«

»Was?« Erstaunt sah ich ihn an. »Du hast noch nie auf einem Board gestanden, obwohl du hier aufgewachsen bist?« Kitesurfen war der heimliche Nationalsport auf Sizilien. Sobald ich schwimmen gelernt hatte, hatten meine Eltern mich auf ein Board gestellt.

Paolo zuckte mit den Schultern. »Ich fand Sportarten an Land schon immer interessanter als solche auf dem Wasser.«

Bevor ich etwas erwidern konnte, knallte der Startschuss über den Strand. Sofort schweifte mein Blick zum Meer und suchte Angelo unter den Teilnehmenden heraus. Gespannt wartete ich darauf, dass er an der Reihe war. Die Kitesurfer vor ihm waren gut, einige sogar sehr gut, aber sobald er an der Reihe war, wurde deutlich, dass sie ihm nicht das Wasser reichen konnten. Seine Performance war wirklich herausstechend, er surfte mit einer Eleganz, die ihresgleichen suchte, und so ging er als Favorit ins Finale.

Doch dann änderte sich das. Nachdem Paolo und ich in der Pause ein zweites Getränk besorgt hatten, wirkte Angelo im zweiten Durchgang abgelenkt. Auf dem großen Bildschirm, der die Nahaufnahmen der Drohnen zeigte, war es in Hochauflösung zu erkennen. Er erwischte eine Böe nicht richtig, sein Kite begann zu flattern, was dazu führte, dass er den richtigen Zeitpunkt für seinen nächsten Absprung verpasste. Sein Jump geriet schief und zu niedrig und bei der Landung stach das

Kapitel 18

blätterte schon ab, der Name war kaum noch zu erkennen, aber innen war die Holzverkleidung gepflegt und die Chromarmaturen blitzten, als wären sie frisch poliert worden. Und neben dem Steuer lag ein gefüllter Picknickkorb. Ich musste lächeln. Das hier wirkte nicht wie eine kurzfristige Entscheidung, sondern als hätte sich Paolo ernsthafte Gedanken gemacht, wie er mich überraschen könnte.

Leichtfüßig sprang er in das Boot und hielt mir seine Hand hin, um mir hineinzuhelfen. Als wir direkt voreinander standen, drückte er mir einen weiteren, viel zu kurzen Kuss auf die Lippen. »Bist du bereit, dich entführen zu lassen?«

Ein angenehmer Schauer jagte über meinen Rücken. »Von dir immer.«

Er deutete auf eine schmale Holzbank, und sobald ich mich gesetzt hatte, löste Paolo das Tau, stellte sich hinter das Steuer und startete den Motor. Langsam tuckerten wir durch den Hafen, aber sobald wir die Mole hinter uns gelassen hatten, gab Paolo Gas.

Der Wind peitschte mir ins Gesicht, Gischt spritzte auf meine nackten Arme, und ich hätte das Lächeln selbst dann nicht verhindern können, wenn mein Leben davon abhing. Das hier fühlte sich nach Glück an. Nach Freiheit und so viel mehr.

Er fuhr uns auf die andere Seite der Isola Bella. Vor einer wunderschönen kleinen Bucht drosselte Paolo die Geschwindigkeit. Er ließ das Boot auf Grund laufen und sprang hinaus, um das Tau an einem Felsen zu befestigen. Ich legte den Picknickkorb, der erstaunlich schwer war, in meine Armbeuge, dann ließ ich mir von ihm aus dem Boot helfen. Lachend kam ich im knietiefen Wasser auf, und sofort schlossen sich Paolos Arme um meinen Körper und gaben mir Halt. Hand in Hand liefen wir zum Ufer und suchten uns eine geschützte Stelle im Schatten einiger Felsen. Paolo breitete eine gemusterte Decke im Sand aus und ich stellte den Korb daneben.

»Dürfen wir überhaupt hier sein?«, fragte ich.

Er richtete sich auf und drehte sich zu mir um, ein verschmitztes Grinsen auf den Lippen. »Wer sollte uns abhalten? Aber keine Sorge, ich war schon öfter hier, und es hat sich nie jemand beschwert.«

»Ach ja?«

Ich trat einen Schritt auf ihn zu, bis wir direkt voreinander standen und ich den Kopf in den Nacken legen musste, um ihm in die Augen schauen zu können. »Bringst du regelmäßig Frauen her, um sie mit einem romantischen Picknick zu überraschen?«

Es war als Scherz gemeint, trotzdem wurde Paolos Miene umgehend ernst. Er hob eine Hand und legte sie sanft an meine Wange. »Das denkst du von mir? Du bist die Erste, der ich bisher diesen Platz zeigen wollte, Emilia.«

>>>

Die ganze Nacht hatte ich kaum ein Auge zugetan. Ich hatte mich hin- und hergewälzt, während meine Gedanken von Angelo und Paolo eingenommen gewesen waren. Ich wollte nicht zurück nach Frankreich, um mein Praktikum zu beenden. Beim Frühstück mit Papà hatte ich schon befürchtet, dass er mir ein Flugticket unter die Nase halten würde, doch er war genauso schweigsam gewesen wie ich.

Völlig übermüdet hatte ich mich danach in die Arbeit gestürzt, denn es stand einiges an. Ich war zu dem betroffenen Gebiet gefahren, war die Rebstöcke abgegangen, und hatte grob im Kopf überschlagen, wie viel Erde wir wohl für den Austausch brauchen würden. Zurück auf dem Hof hatte ich mit einigen Großhändlern telefoniert, um Angebote einzuholen.

Jetzt ging ich gerade aus dem Haus, um nach dem umgepflanzten Rebstock auf dem Testfeld zu sehen, als Paolo mir entgegenkam. Mein Herz machte einen Satz und mir wurde erneut bewusst, wie viel stärker mein Körper inzwischen auf ihn reagierte. Er winkte mir zu und fuhr sich mit einer Hand durch seine dunkelbraunen Haare.

Ich lief ihm entgegen, mein Puls raste und ich bekam das Lächeln gar nicht mehr aus dem Gesicht. »Was machst du hier?« Alles in mir drängte mich dazu, ihn zu küssen. Aber ich hielt mich zurück, weil ich noch immer nicht sicher war, wie er zu uns stand.

»Ich wollte fragen, ob du Lust auf einen Ausflug hast.«

Meine Augenbrauen hoben sich und die Schmetterlinge in meinem Bauch drehten eine Extrarunde. »Einen Ausflug? Verrätst du mir, wohin?«

Er schüttelte den Kopf und das Funkeln in seinen Augen verriet mir, dass er das hier wohl ein bisschen zu sehr genoss. »Aber ich bin nett genug, dir zu sagen, dass du einen Bikini anziehen solltest.«

»Wie überaus gütig.« Es sollte sarkastisch klingen, aber so atemlos, wie die Worte über meine Lippen kamen, unterstrichen sie nur, wie sehr es mir gefiel. »Gib mir fünf Minuten.«

Im Umdrehen umfasste Paolo mein Handgelenk und zog mich an sich. Er hauchte mir einen Kuss auf die Stirn, den ich bis in die Zehenspitzen spüren konnte. Schnell verschwand ich im Haus.

Ich brauchte weniger als fünf Minuten, um einen Bikini unter mein luftiges Sommerkleid anzuziehen und ein Badetuch einzupacken. Kaum war ich wieder draußen, stieg ich hinter Paolo auf das Motorrad und wir brausten los. Ich staunte nicht schlecht, als wir am Jachthafen von Taormina anhielten.

»Sag nicht, dir gehört eines von diesen Monstren«, neckte ich ihn.

»Ich muss dich leider enttäuschen.« Paolo griff nach meiner Hand und führte mich an den Jachten vorbei zu einem Steg, an dem kleinere und deutlich ältere Motorboote lagen. Vor einem von ihnen hielt er an. Die Farbe

»Willst du nichts essen?«, fragte Paolo irgendwann. Er deutete auf die Köstlichkeiten, die vor uns ausgebreitet lagen.

»Schon, aber ich bin zu faul, mich zu bewegen.« Außerdem gefiel es mir viel zu sehr, wie Paolo mich im Arm hielt, und ich wollte diesen Kokon auf keinen Fall verlassen, nur um etwas zu mir zu nehmen.

»Ich soll dich wohl füttern«, neckte er und nahm eine Weintraube zur Hand.

Der Gedanke war mir noch gar nicht gekommen, klang aber sehr vielversprechend. »Also, wenn du das schon anbietest.«

Er hielt mir die Weintraube an die Lippen, aber bevor ich meinen Mund öffnen konnte, zog er sie weg und aß sie selbst.

»Hey!«, protestierte ich und stieß ihn von mir weg.

Er lachte kehlig und eine Sekunde später begann er, mich zu kitzeln. Ich kreischte los, versuchte mich aus seinem Griff zu winden, aber Paolo war nicht nur stark, sondern auch flink. Ehe ich wusste, wie mir geschah, lag ich auf dem Rücken und er über mir. Irgendwie hatte er es geschafft, meine Handgelenke mit einer Hand zu umfassen und über meinem Kopf sanft in den Sand zu drücken. Sein Gewicht presste mich in den Boden. Er hatte mich bewegungsunfähig gemacht, ohne dass ich es überhaupt mitbekommen hatte. Vielleicht sollte mich das erschrecken, aber um ehrlich zu sein, turnte es mich unheimlich an. Es war diese verruchte Seite an ihm, diese harte Schale, unter der er den romantischen Kerl versteckt hatte, die mich wohl schon immer angezogen hatte, auch wenn ich das lange nicht hatte zugeben können.

»Küsst du mich jetzt endlich richtig?« Meine Stimme klang so atemlos, wie ich mich fühlte. Meine Hüften zuckten seinen entgegen.

»Ich dachte schon, du fragst nie.« Dann senkte er endlich den Kopf und verschloss meine Lippen mit einem Kuss, bei dem mir jegliches Denken unmöglich wurde. Meine Handgelenke hielt er weiter umklammert, aber er legte die freie Hand um meinen Hals, den Daumen genau über die Stelle, wo mein Puls viel zu heftig schlug. Mein Unterleib zog sich genüsslich zusammen, als er zudem ein Bein zwischen meine schob. Ich gab mich ihm einfach hin. Seinen Küssen, seinen Berührungen, seinem *Selbst*.

Ich könnte mich wirklich daran gewöhnen.

Lies weiter in Kapitel 15.

Ich wusste nicht, was ich darauf antworten sollte, daher hob ich ebenfalls meine Hand und fuhr mit den Fingerspitzen über die Konturen seines Gesichts. Paolo drehte den Kopf und platzierte einen Kuss auf mein Handgelenk. Das erdete mich auf eine Weise, die ich noch nie zuvor verspürt hatte. Als wäre *das hier* richtig und alles, was ich brauchte. Dann legte er die Hände an meinen Hals und küsste mich. Kurz, aber unfassbar sanft, sodass die Schmetterlinge in meinem Bauch Salti schlugen.

Viel zu schnell löste er sich wieder von mir und öffnete den Picknickkorb. Neugierig hockte ich mich neben ihn: »Was hast du da alles drin?«

Eine Flasche Sekt kam zum Vorschein, dazu Antipasti, Trauben, Käse und Tramezzini, kleine italienische Sandwiches. Sofort nahm ich einen Käsewürfel und schob ihn mir in den Mund, während Paolo die Sektflasche öffnete. Ich kam nicht darüber hinweg, wie unfassbar süß diese Geste war. Dass er das für *mich* tat, obwohl wir bis vor Kurzem kaum ein zivilisiertes Gespräch miteinander hatten führen können. Wie viel sich in der kurzen Zeit doch geändert hatte.

Ich legte ihm eine Hand auf den Arm, als er gerade dabei war, einzuschenken. »Danke. Du hast keine Ahnung, wie viel mir das bedeutet.«

Er sah auf. »Du kannst das jederzeit haben, wenn du willst.« Er meinte damit viel mehr als nur dieses Picknick, das war mir sofort klar.

Ich nahm das Glas entgegen und stieß mit ihm an. »Auf uns.«

Der Sekt prickelte auf meiner Zunge, dann stellte ich das Glas in den Sand und lehnte mich an ihn. Sofort schlang er einen Arm um meine Schultern, zog mich eng an seine Brust und drückte mir einen weiteren Kuss auf den Scheitel. Ein zufriedenes Seufzen entwich mir, so geborgen fühlte ich mich in diesem Moment. Etwas, von dem ich nicht gedacht hätte, dass ich es noch brauchte. Immerhin war ich eine erwachsene Frau, die auf ihren eigenen Beinen stand und ihr Leben meisterte. Für was benötigte ich da einen Mann?

Und grundsätzlich stimmte das noch immer. Ich *brauchte* Paolo nicht. Aber es war unfassbar schön, dass er da war, weil er mein Leben verbesserte. Wie gern würde ich ihm das sagen, aber ich hatte keine Ahnung, wie ich es ausdrücken sollte, ohne dass es kitschig klang. Daher drehte ich meinen Kopf, bis ich ihn auf den Hals küssen konnte. »Danke.«

Er lachte leise. »Das hast du schon mal gesagt.«

»Ich weiß.« Ich sah zu ihm auf und versuchte all die Empfindungen in meinen Blick zu legen, für die ich keine richtigen Worte fand.

Er schluckte, als hätte er verstanden.

Wir verfielen in Schweigen. Es war nichts zu hören außer dem Kreischen einiger Möwen in der Ferne und dem Plätschern der Wellen am Strand.

Kapitel 19

Ich verdrehte die Augen, obwohl er noch immer aufs Meer starrte und es nicht sehen konnte. Trotz seines Patzers war er Dritter geworden, was für mich ganz eindeutig dafürsprach, dass er ein Anrecht darauf hatte, an solchen Wettbewerben teilzunehmen. »Du bist zu hart zu dir. Es tut mir in der Seele weh, dich so zu sehen.«

Abrupt drehte Angelo den Kopf in meine Richtung. Wut blitzte in seinen Augen auf, die sich auf mich gerichtet anfühlte, auch wenn ich nicht verstand, wieso. Er öffnete den Mund, brachte aber keinen Ton hervor. Nach einer gefühlten Ewigkeit schüttelte er den Kopf und blickte erneut aufs Meer hinaus.

Ich schluckte gegen die plötzliche Trockenheit in meiner Kehle an. Warum sagte er mir nicht, was los war? Vertraute er mir nicht mehr? Oder gab es etwas anderes, das ihn zurückhielt?

»Was ist da draußen passiert?« Ich sprach so leise, dass meine Worte vom Wind davongetragen wurden, aber Angelo schien mich trotzdem zu verstehen.

Endlich wandte er sich mir komplett zu. Der Ausdruck in seinen Augen raubte mir den Atem. Die Wut war verschwunden, was zurückblieb, war nur Schmerz und etwas anderes, das ich nicht deuten konnte. Ich konnte seine innere Zerrissenheit beinahe spüren und hielt die Distanz zwischen uns nun nicht mehr aus. Vorsichtig griff ich nach seiner Hand.

Erleichtert atmete ich aus, als Angelo sofort seine Finger mit meinen verschränkte. »Du kannst mir vertrauen, das weißt du, oder?«

Die Andeutung eines Lächelns huschte über sein Gesicht. »Ich weiß.«

»Was hält dich dann zurück?«

Langsam ließ Angelo die Luft entweichen, ehe er die Schultern straffte, sein Blick ging jedoch an mir vorbei. »Weil ich es selbst nicht ganz verstehe. Und weil ich Angst habe, dass du danach nie wieder ein Wort mit mir redest.«

Ich drückte seine Hand und schüttelte den Kopf. »Das wird niemals passieren. Egal, was du mir jetzt erzählst.« Angelo zögerte noch immer. Nachdenklich legte ich den Kopf schief. Irgendwie musste ich ihn aus der Reserve locken. »Es sei denn, du hast jemanden umgebracht, den ich mag.«

In seinen Mundwinkeln zuckte es erneut und endlich sah er wieder hoch in meine Augen. »Und wenn ich jemanden umgebracht hätte, den du *nicht* magst?«

»Dann helfe ich dir, die Leiche zu verscharren, und bin dein Alibi.«

Ungläubig lachte er auf. »Dann ist es ja gut, dass ich kein Killer bin und dich nicht in meine Abgründe mit hineinziehen kann.«

Ich lächelte keck. »Stimmt. Und genau aus dem Grund kannst du mir verraten, was los ist.«

Mein Herz schmerzte für Angelo, als er sich von mir abwandte, und in Windeseile fasste ich einen Entschluss. Ich konnte ihn in diesem Zustand nicht allein lassen. Aber zuerst musste ich mit Paolo sprechen.

Ich fand ihn an sein Motorrad gelehnt vor. Schnell erklärte ich ihm, dass ich noch bei Angelo bleiben würde. »Es geht ihm wirklich nicht gut.«

Paolo presste die Lippen aufeinander und Enttäuschung flackerte über seine Züge. Dann jedoch nickte er. »Ist bestimmt besser, wenn er jetzt Gesellschaft hat.«

Erleichterung durchflutete mich und ich nickte. »Danke, dass du das verstehst.«

»Natürlich.« Zur Verabschiedung zog er mich in eine kurze Umarmung. »Pass auf dich auf, Emilia.«

»Immer. Wir sehen uns morgen, okay?«

Paolo nickte erneut, dann wandte er sich ab und stieg auf sein Motorrad, das mit einem lauten Röhren zum Leben erwachte. Ich sah ihm hinterher, bis er um eine Kurve gefahren und aus meinem Sichtfeld verschwunden war, dann erst suchte ich nach Angelo.

Ich fand ihn schließlich am Strand sitzend vor, den Blick auf den Ozean gerichtet, eine Flasche Bier in der Hand und die Medaille achtlos vor sich in den Sand geworfen. Seine Schultern waren herabgesackt, der Kopf gesenkt, und auch ohne sein Gesicht sehen zu können, wusste ich, dass Schuld darüber geschrieben stand. Was

immer dort draußen auf den Wellen geschehen war, es war offensichtlich, dass er es für seinen eigenen Fehler hielt. Langsam trat ich an ihn heran und ließ mich neben ihn in den Sand sinken.

»Ich weiß, dass du allein sein wolltest, aber gute Freunde lassen einander nicht im Stich.« Sein rechter Mundwinkel zog sich minimal nach oben, eine erste Andeutung seines üblichen schiefen Lächelns, was mich weitersprechen ließ. »Du kannst trotzdem stolz auf dich sein, Angelo. Das ist dir hoffentlich bewusst.« Er wollte das sicher gerade nicht hören, aber ich musste es trotzdem aussprechen.

Wie erwartet schnaubte er abfällig. »Ich hab versagt, als es drauf ankam. Wie soll ich darauf stolz sein?«

»Das stimmt nicht«, widersprach ich. »Im ersten Durchgang hast du alle abgezogen.« Ein Teil von mir wollte nach seiner Hand greifen, um ihn zu trösten, aber ein anderer Teil hielt mich davon ab. Vermutlich, weil ich noch immer nicht verstand, was eigentlich passiert war. Es war gar nicht Angelos Art, in wichtigen Momenten derart den Kopf zu verlieren.

»Und als es drauf ankam, bin ich fast vom Board geflogen wie ein verdammter Anfänger.« Er spie die Worte regelrecht heraus. Als hätte er sie schon viel zu lange bei sich behalten. »Wenn ich meine Leistung nicht auf den Punkt abrufen kann, habe ich bei solchen Wettbewerben nichts verloren.«

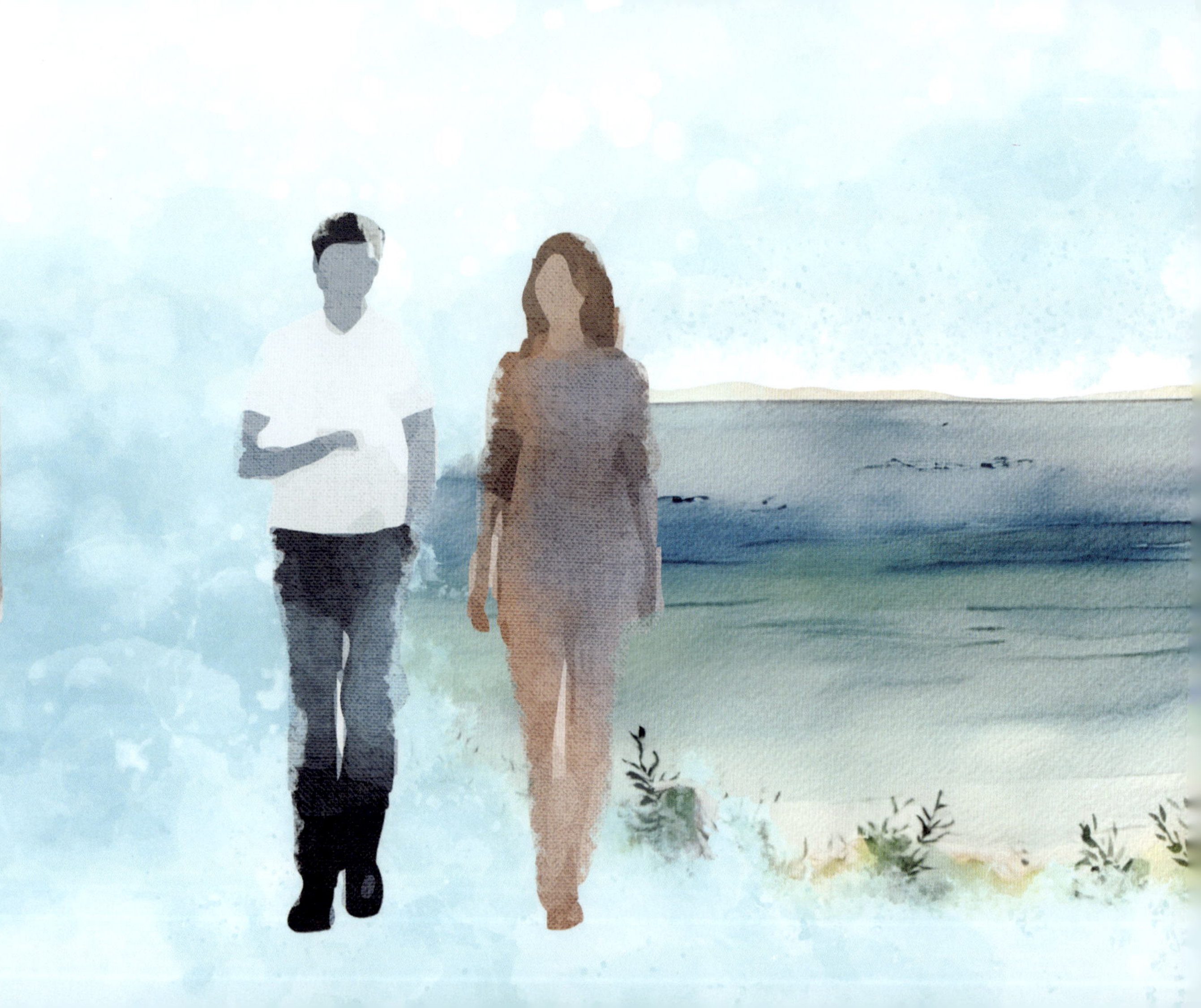

»Ich auch.« Er lehnte sich zurück und suchte meinen Blick. »Gerade dachte ich noch, dass mir der Appetit für heute vergangen wäre, aber ...«

Wie um ihm beizupflichten, knurrte jetzt auch sein Magen und ließ meine Scham verpuffen. Ich lächelte: »Was schlägst du vor?«

Eigentlich hatte ich keine Lust, schon aufzustehen. Viel lieber wollte ich noch ein Weilchen in diesem Kokon verweilen, den wir uns geschaffen hatten. Als lieferten uns der Strand und das Rauschen des Meeres die perfekte Hintergrundkulisse. Andererseits hatte ich wirklich Hunger und was wir gerade begonnen hatten, konnten wir auch an anderer Stelle weiterführen.

»Ich schlage vor, dass wir zu mir fahren, ich uns Pasta All'Arrabbiata zubereite, und wir den Abend dann auf meiner Couch ausklingen lassen.«

Wärme schoss mir in die Wangen, denn die Art und Weise, wie Angelo die letzten Worte sagte, implizierte, dass er damit nicht nur ein Glas Wein und einen Film auf Netflix meinte. Sondern deutlich mehr. Ich horchte in mich hinein, ob ich das ebenfalls wollte. Kurz schweiften meine Gedanken zu Paolo, mit dem ich diese Woche ebenfalls mehr Zeit verbracht hatte. Aber dann verbannte ich ihn wieder aus meinem Kopf. Jetzt war Angelo hier und ich *wollte* ihn.

Ich sprang so energisch auf, dass Angelo erschrocken zusammenzuckte.

»Heißt das ja?«

Ich nickte eifrig und hielt ihm meine Hand hin. »Ich hoffe, du bist mit dem Auto da, sonst müssen wir nämlich laufen. Meine Mitfahrgelegenheit ist bereits heimgefahren.«

Er ließ sich von mir aufhelfen, beugte sich dann zu mir herab und kam mir dabei so nah, dass mich die Bartstoppeln auf seinen Wangen kitzelten. »Was denkst du denn, wie ich sonst mein Kite hierherbekommen hätte?«

Guter Punkt, auch wenn ich das niemals laut zugeben würde. »Vielleicht hast du einen Diener, der ihn für dich hergetragen hat.«

Angelo lachte und legte eine Hand auf meine Wange, wobei sein Daumen meinen Hals streifte. »Oh, Emilia.« Dann verschloss er meinen Mund mit einem weiteren Kuss, der nach *Mehr* schmeckte. Der mich wünschen ließ, dass wir längst in seiner Wohnung waren.

Lies weiter in Kapitel 8.

Angelo seufzte erneut, aber diesmal wandte er den Blick nicht ab. »Seit du zurück bist, spüre ich da etwas zwischen uns. Ich suche ständig deine Nähe, und immer, wenn ich Zeit mit dir verbringe, macht mich das... einfach glücklich. Also klar, das war schon früher so, immerhin sind wir schon lange befreundet, aber in letzter Zeit *sehne* ich mich regelrecht nach dir.«

Ein Muskel zuckte in seinem Kiefer. »Und offenbar bin ich neuerdings eifersüchtig auf Paolo. Ich kann gar nicht richtig beschreiben, was das in mir ausgelöst. In der ersten Runde konnte ich das auf dem Board noch ausblenden, aber in der Pause vor dem Finale habe ich beobachtet, wie ihr euch was zu trinken geholt habt und ...« Fahrig strich er mit einer Hand durch seine noch nassen Haare.

Mit angehaltenem Atem wartete ich, bis er weitersprach. »Es ist wirklich lächerlich, aber ich habe gesehen, wie er dich zum Lachen gebracht hat, und da hat bei mir irgendwas ausgesetzt. Ich konnte mich beim Finale nicht konzentrieren, hab selbst aus dem Wasser versucht, zu erkennen, was ihr am Strand macht, und hab dadurch den Absprung verpasst.«

Mein Herz klopfte wie verrückt und mir schwirrte der Kopf von Angelos Ehrlichkeit. Gleichzeitig stieg Wärme in mir auf. Ich hatte mir diese Spannung zwischen uns also nicht eingebildet. Sie war die ganze Zeit über gewesen und Angelo hatte sie ebenfalls empfunden.

Ich strahlte ihn an und beugte mich vor, bis unsere Gesichter nur noch Millimeter voneinander entfernt waren. Kurz las ich Überraschung in Angelos Blick, bevor ich meinen Mund auf seinen presste.

Er erwiderte den Kuss sofort. Seine Lippen teilten sich und seine Zunge traf auf meine. Seine Bartstoppeln kitzelten mein Kinn. Gleichzeitig schob er eine Hand in meinen Nacken, um mich noch enger an sich zu ziehen. Ein Stöhnen befreite sich aus seiner Kehle und vibrierte in mich hinein. Jedes meiner Nervenenden summte mit der Sehnsucht und dem Verlangen, das gerade zwischen uns entstand. Das sich zwischen uns aufgeladen hatte und sich nun wie ein Feuerwerk in meinem ganzen Körper entlud.

In dem Wunsch, ihm noch näher zu kommen, setzte ich mich rittlings auf seinen Schoß. Ohne unseren Kuss zu unterbrechen, legten sich seine Hände auf meinen Hintern. Ein Stromstoß jagte durch meinen Körper und ich schnappte nach Luft.

Auf einmal war ein lautes Knurren zu hören. Erst als Angelo zu lachen begann, realisierte ich, dass es mein Magen gewesen war, und wollte vor Scham im Erdboden versinken. Perfekter Stimmungskiller.

»Hast du etwa Hunger?«, fragte Angelo, noch immer kichernd.

»Offensichtlich.« Ich vergrub mein Gesicht an seiner Brust, um ihm nicht in die Augen sehen zu müssen.

Kapitel 20

falschen Annahme halten könnte. Mein Herz zog sich schmerzhaft zusammen, denn das wollte ich weder ihm noch mir antun.

Langsam ging ich zu meinem Pick-up zurück. Wo könnte er nur sein? Irgendwo wandern oder was auch immer er sonst noch gern machte, wenn er eine Auszeit brauchte? Gedankenverloren stieg ich in mein Auto, aber noch bevor ich den Motor anließ, fiel mir etwas anderes ein.

Das Altersheim. Ich schlug mir die Hand vor die Stirn. Warum war ich nicht schon eher darauf gekommen? Eigentlich war es die offensichtlichste Lösung, aber vermutlich hatte ich sie genau deswegen nicht früher erkannt.

Ich brauste nach Taormina. Da ich nicht genau wusste, wo sich das *Cuore ed Anima* befand, parkte ich in der Nähe der Promenade von Giardini Naxos und ging den Weg entlang, auf dem ich vor einiger Zeit zufällig Paolo und die alte Rosa gesehen hatte.

Seitdem war so viel geschehen, dass es sich nun ganz weit weg anfühlte. Wenn mir damals jemand erzählt hätte, was alles zwischen Paolo und mir passieren, dass ich mich sogar in ihn verlieben würde, ich hätte die Person wohl ausgelacht.

Mit Hilfe von Maps auf meinem Handy fand ich letztendlich mein Ziel. Das *Cuore ed Anima* war ein hübscher, zweistöckiger Bau in einer Seitenstraße. Dahinter befanden sich ein kleiner Park und eine Terrasse, auf der mehrere Bewohnende im Schatten saßen.

Und ich konnte mein Glück kaum fassen, denn zwischen ihnen befand sich auch Paolo. Ich erkannte ihn sofort an seinen dunklen, halblangen Haaren, dem breiten Rücken und seinem Profil, als er sich zur Seite drehte. Er saß an einem Tisch, ihm gegenüber ein älterer Herr, mit dem er gerade Schach spielte. Ich verstand zu wenig von Schach, um sagen zu können, wer führte, aber dass Paolo die schwarzen Figuren hatte, erkannte ich selbst aus der Entfernung gut.

Mein Herz machte einen aufgeregten Satz und ehe mich der Mut verließ, lief ich auf ihn zu. Es dauerte nur wenige Sekunden, bis er den Kopf in meine Richtung wandte, als hätte er meine Anwesenheit gespürt. Als wüsste er immer genau, wann ich in der Nähe war.

Mein Puls schoss in die Höhe. Eine Sonnenbrille verdeckte Paolos Augen, daher konnte ich nicht erkennen, ob er sich freute, mich zu sehen. Ich musste das zwischen uns dringend klären, es zerriss mich ja jetzt schon, dass dieses Missverständnis zwischen uns stand.

Also ließ ich mich von meinen Zweifeln nicht beirren und ging weiter auf ihn zu. Kurz bevor ich die Terrasse erreichte, stand er abrupt auf und kam mir entgegen. Er riss sich die Sonnenbrille von den Augen und funkelte mich an. »Was willst du hier?«

Als ich am nächsten Morgen die Augen aufschlug, dachte ich für einen wundervollen Moment, dass alles in Ordnung sei. In dieser Phase zwischen Schlaf und Wachsein, in der ich mich so geborgen fühlte und mich noch nicht daran erinnerte, was geschehen war.

Doch fast sofort holten mich die Geschehnisse des Vortags wieder ein und mein Herz zog sich schmerzhaft zusammen. Paolo hatte mein Gespräch mit Papà völlig falsch aufgefasst, was ihn verletzt hatte, aber ich war gewillt, das richtigzustellen.

Er war gestern buchstäblich davongelaufen und den restlichen Tag nicht mehr aufgetaucht, aber heute, bei der Arbeit, würde er mir nicht aus dem Weg gehen können. Ich würde ihn dazu bringen, dass er mir zuhörte, denn ich hatte keine Absicht, ihn oder Sizilien wieder zu verlassen.

Mit neuem Kampfgeist sprang ich aus dem Bett und lief ins Bad, um mich fertigzumachen. Eine Viertelstunde später war ich in der Küche, schlang in Windeseile ein Brioche und einen Cappuccino herunter, dann setzte ich mich auf die Veranda, um auf Paolo zu warten.

Aber er kam nicht. Selbst eine halbe Stunde nach offiziellem Arbeitsbeginn war von ihm nichts zu sehen, dabei war er normalerweise immer pünktlich. Mit jeder verstreichenden Minute sank mein Herz mehr. Als Angelo schließlich das dritte Mal mit dunklem Blick an mir vorbeigelaufen war und sich erkundigte, ob alles in Ordnung war, ging ich zurück ins Haus. Ich fragte Papà, ob Paolo sich krankgemeldet hatte, aber auch er hatte nichts von ihm gehört, und das konnte nur eins bedeuten: Er ging mir aus dem Weg.

Aber ich war niemand, der das einfach hinnahm. Mich konnte man nicht so leicht ignorieren, und ich würde einen Weg finden, mit ihm zu sprechen. Ich verwarf den Gedanken, ihn anzurufen, schnappte mir stattdessen den Autoschlüssel und setzte mich in den Pick-up.

Die Fahrt zu Paolos Wohnung dauerte nur knapp zehn Minuten, aber als ich bei ihm ankam, verließ mich sofort die Hoffnung. Sein Motorrad stand nicht im Hinterhof, der leere Platz schien mich zu verhöhnen. Zudem waren die Läden vor seinen Fenstern geschlossen, was ein fast schon untrügliches Zeichen war, dass er nicht da war. Trotzdem ging ich um das Haus herum und klingelte. Dreimal. Niemand öffnete.

Frustriert lehnte ich mich mit geschlossenen Augen gegen die Haustür. Wo könnte Paolo nur stecken? Hatte er sich eine Auszeit genommen und war weggefahren? Womöglich mit dem Boot hinaus in irgendeine Bucht?

Natürlich würde er mich nicht ewig ignorieren können. Früher oder später musste er wieder zur Arbeit erscheinen. Aber ich wollte nicht warten, bis wir uns unweigerlich über den Weg laufen würden. Vor allem, weil ich befürchtete, dass Paolo es für eine Bestätigung seiner

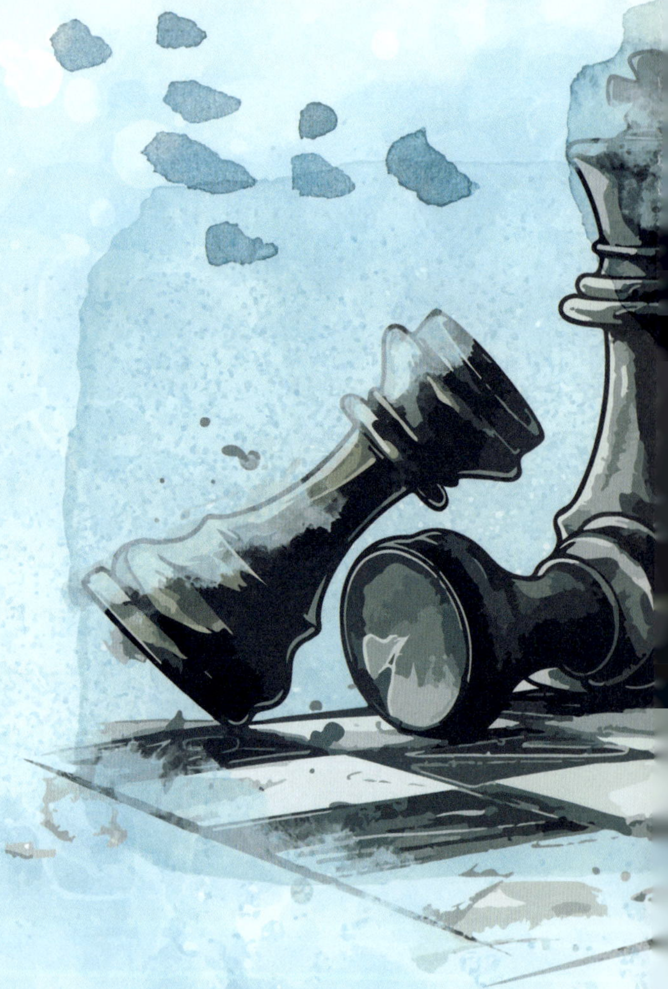

nicht kennen. Es war für mich von Anfang an klar, dass ich zurückkomme und irgendwann unseren Hof übernehme. Ansonsten hätte Papà mich doch gar nicht von hier weggehen lassen.«

Paolos Mund stand leicht offen und er sah mich mit so viel Hoffnung an, dass mir die Knie weich wurden. »Du hattest nie vor, allem hier den Rücken zu kehren?«

Jetzt musste ich endgültig lachen, weil das so abwegig war. Ich überbrückte die letzte Distanz zwischen uns und legte die Arme um ihn, presste mich so eng an ihn, dass kein Blatt Papier mehr zwischen uns passte. »Warum sollte ich das tun? Sizilien ist meine Heimat, hier habe ich alles, was ich brauche. Aber vor allem bist du hier. Schon allein deswegen will ich hierbleiben. Wegen *dir*. Wegen dem, was sich zwischen uns entwickelt hat. Weil ich mich in dich verliebt habe.«

Paolos Stirn glättete sich und das Zögern fiel von ihm ab, stattdessen breitete sich ein Lächeln auf seinen Lippen aus. Anstatt mir zu antworten, schlang er die Arme um mich, hob mich hoch und drehte uns im Kreis. Dabei küsste er mich so stürmisch, dass mir schwindelig wurde. Nur am Rande hörte ich, wie die Altersheim-Bewohnenden lachten und uns lautstark anfeuerten.

»Ich bin auch in dich verliebt«, gestand Paolo, nachdem er mich wieder auf dem Boden abgestellt hatte.

»Zum Glück.« Ich stellte mich auf die Zehenspitzen und klaute mir einen weiteren Kuss. »Aber eine Sache musst du mir versprechen.«

Er lehnte seine Stirn an meine. »Was?«

»Wenn du das nächste Mal Zweifel an mir oder uns hast, kommst du direkt zu mir. Ich bin sicher, dass wir alles lösen können, wenn wir darüber sprechen.«

»Versprochen«, sagte er und verschloss meine Lippen mit einem langen Kuss.

Bereit für das Happy End?
Lies weiter in Kapitel 3.

Ich schluckte. Mit so viel Wut hatte ich nicht gerechnet. »Wir müssen reden.« Es kam zittriger heraus als beabsichtigt.

»Es gibt nichts mehr zu reden«, blaffte er mich an und wollte sich abwenden.

Endlich regte sich auch in mir so etwas wie Zorn und ich griff nach seiner Hand, um ihn aufzuhalten. »Du wirst mich nicht ein zweites Mal einfach so stehenlassen.«

Mit einem Schnauben hielt er mitten in der Bewegung inne. »Du bist doch diejenige, die wegläuft und uns einfach aufgibt. Vermutlich hast du dein Flugticket nach Frankreich längst gebucht.«

»Wenn du mir endlich mal zuhören würdest, wüsstest du längst, dass ich genau das nicht will. In dem Gespräch mit Papà ging es nämlich darum, dass ich das Praktikum *nicht* zu Ende führen will. Dass ich *bleiben* will.« Wenn es nicht so traurig wäre, könnte ich darüber lachen. Er hatte offenbar genau die falschen Sätze mitangehört, daraus seine eigenen – trügerischen – Schlüsse gezogen, dabei wollten wir doch eigentlich beide dasselbe.

Doch ich schien langsam zu ihm durchzudringen, denn er drehte den Kopf in meine Richtung und in seinem Blick lag zögerliche Verwunderung. »Wirklich? Du willst bleiben?«

»Ja, genau das wollte ich dir gestern schon erklären, aber du hast mir ja gar nicht zugehört. Meine Zeit im Ausland war toll, ich habe viel gelernt. Aber ich gehöre da nicht hin. Ich gehöre hier hin.«

Paolo verschränkte unsere Finger miteinander. Erst jetzt fiel mir auf, dass ich noch immer seine Hand umklammert hielt. »Aber ich dachte ...« Er verstummte.

»Was dachtest du?«

Er schüttelte den Kopf und trat einen Schritt näher. »Ich dachte, ich hätte dich verloren. Dass du weggehst, woanders einen neuen Hof eröffnest und mich einfach allein lässt. Dass ich dir nicht genug bedeute ... das hat mir das Herz gebrochen.«

Mir schwirrte der Kopf. »Wie kommst du denn darauf?« Ich hatte nie etwas in die Richtung gesagt.

Paolo zog den Kopf ein und wirkte plötzlich beschämt. »Dein Papà hat immer so viel davon gesprochen, dass du etwas Großes erreichen und mal einen Wein kreieren willst, der Auszeichnungen erhält.«

Ein Lächeln breitete sich auf meinen Lippen aus und ich legte meine freie Hand an seine Wange. Seine Bartstoppeln kitzelten an meinen Fingern. »Und du denkst, das kann ich hier nicht? Vielleicht hättest du mich einfach mal fragen sollen. Ja, ich möchte etwas erreichen, und ja, ich möchte einen Wein erschaffen, der Preise gewinnt. Aber *hier*, auf diesem Hof, mit unseren Trauben. Nur deshalb habe ich die Praktika überhaupt gemacht, um so viel Wissen wie möglich aus der ganzen Welt zu erlangen. Um Kniffe und Tricks zu lernen, die wir noch

Kapitel 21

einige Fantasy-Klassiker wie *Il Signore degli Anelli* von Tolkien, Schmuckausgaben von Brandon Sanderson, aber auch Sachbücher und ein Kochbuch. Ich zog es hervor und sah Paolo keck an. »Ich dachte, du kannst nicht kochen?«

Bildete ich es mir nur ein, oder errötete er?

»Na ja, ich versuche es immer wieder, aber meine Nonna hat nie ein gutes Haar an meinen Kochkünsten gelassen.«

Ich tat entsetzt. »Nicht mal aus Liebe, weil du ihr Enkel warst?«

Jetzt lachte er richtig: »Sie hielt nichts davon, die Dinge schönzureden. Sie sagte immer, dass ich viele Talente habe, aber kochen würde nicht dazugehören.«

»Aber Pizza backen offensichtlich schon«, kam ich auf den eigentlichen Grund zurück, mit dem er mich hergelockt hatte.

»Da ist auch wirklich nichts Schwieriges dran.« Paolo griff nach meiner Hand und zog mich hinter sich in die Küche: »Komm, ich zeig es dir.« Sofort jagte ein Stromstoß durch meinen Körper und ich stolperte fast über meine eigenen Füße. Dabei sollte es mich wohl nicht mehr überraschen, dass er diese Wirkung auf mich hatte. Ich hatte es anfangs nur zu ignorieren versucht.

»Hier ist das Schmuckstück.« Paolo deutete auf etwas, das wie ein länglicher Backofen aussah.

»Ist das ...?«

»Ein Pizzaofen, genau. Nur für die heimische Küche.«

Ein Lachen kitzelte in meiner Kehle, aber ich schluckte es herunter. »Und das ist dein Geheimnis für die perfekte Pizza?«

In seinen Mundwinkeln zuckte es. »Der Pizzateig ist es jedenfalls nicht.«

Das glaubte ich ihm gern, denn den bekam sogar ich hin, und an mir war auch wirklich keine Köchin verloren gegangen.

Wir mischten die Zutaten miteinander und ließen den Teig abgedeckt gehen. Währenddessen öffnete Paolo eine Flasche Wein. Dabei bemerkte ich, dass er etwas Mehl auf der Wange hatte. Langsam trat ich neben ihn. »Du hast da was«, murmelte ich. Paolo hielt absolut still, während ich ihm die Mehlreste von der Wange wischte. Sein Atem strich über mein Handgelenk und seine Bartstoppeln kitzelten meinen Daumen. Die Luft um uns fühlte sich mit einem Mal wie aufgeladen an. Nur mit Mühe konnte ich mich von ihm lösen. »Alles wieder weg.«

Seine Finger streiften leicht meine Hüften, während er sich umdrehte und den Teig mit der Hand zu Scheiben formte. »Danke.«

Paolo bestrich die Teige mit Sugo und schob mir danach einen davon hin, damit ich ihn nach meinen Wünschen belegen konnte. Währenddessen stieß mein Magen ein >>>

Ich zögerte für den Bruchteil einer Sekunde, doch dann nickte ich. Vielleicht war es wirklich besser, Angelo in Ruhe zu lassen, bis er den ersten Frust verarbeitet hatte. »Okay.« Kurz drückte ich seine Hand. »Aber wenn du es dir anders überlegen solltest, ruf mich jederzeit an. Ich bin für dich da.«

Er nickte, dann trennten wir uns und ich ging zu Paolo zurück, der an sein Motorrad gelehnt auf mich wartete.

»Ist Angelo okay?«

»Jetzt nicht, aber das wird er wieder.« Ich seufzte, was aber von meinem knurrenden Magen übertönt wurde. »Ist es völlig unangebracht, dass ich Hunger habe?«

Paolo schmunzelte. »Hunger zu haben ist nie unangebracht. Was hältst du davon, wenn wir zu mir fahren und ich dir eine Pizza mache?«

Verdattert sah ich zu ihm auf. Er lud mich zu sich nach Hause ein? Das hätte ich dem verschlossenen Paolo gar nicht zugetraut. Aber etwas anderes kam über meine Lippen: »Ich wusste nicht, dass du kochen kannst.«

»Das habe ich nie behauptet, aber ich kann dir versprechen, dass ich die besten Pizzen backe.« Zwinkernd hielt er mir den Ellbogen hin und lachend hakte ich mich bei ihm ein: »Das will ich mir doch nicht entgehen lassen.«

Ich stieg hinter Paolo auf das Motorrad und er fuhr uns nach Taormina. In einer ruhigen Seitenstraße, die nur zehn Minuten Fußweg vom Strand entfernt war, hielten wir schließlich an. Das Haus vor uns war aus hellem Sandstein, mit einem Erker im dritten Stock und Stuckverzierungen an den Fenstern. Paolo stellte das Motorrad im Hinterhof ab und schloss dann die Tür auf. Seine Wohnung befand sich im zweiten Stock. Der schmale Eingangsflur öffnete sich in ein helles, großes Wohnzimmer, das von einer beigen Sofalandschaft dominiert wurde. Ihr gegenüber hing ein Fernseher an der Wand, daneben befanden sich ein Esstisch und zwei vollgepackte Bücherregale. Durch einen offenen Durchgang konnte man in die Küche sehen.

»Gemütlich«, sprach ich das Erste aus, was mir in den Sinn kam.

Lässig warf Paolo den Schlüssel auf eine Anrichte. »Du klingst überrascht.«

Ich zuckte mit den Schultern. Keine Ahnung, was ich erwartet hatte, aber das nicht. »Irgendwie hatte ich befürchtet, dass du in einer Bachelor-Wohnung mit Fitnessgeräten im Wohnzimmer und etlichen Konsolen hausen würdest.«

Das brachte ihn zum Lächeln. »Tut mir leid, dich enttäuschen zu müssen, aber die Arbeit auf dem Weingut ist genug Kraftsport für mich. Wenn ich zu Hause bin, lese ich lieber, anstatt zu zocken.«

»Das sieht man«, murmelte ich und ließ meine Finger über die Buchrücken gleiten. Manche waren sogar in zweiter Reihe gestellt oder auf andere gelegt worden. Ich entdeckte etliche Krimis von lokalen Autoren, Thriller,

Pizza

Ein leckeres und international verbreitetes Gericht verbinden wir wohl wie wenige andere mit der italienischen Küche: Natürlich geht es um Pizza. In ihrer heute bekannten Form stammt sie wohl aus Neapel, wenngleich sie nicht dort erfunden wurde. Tatsächlich taucht die Idee, einen Teigfladen auf Stein zu backen, bereits bei den alten Griechen und Etruskern auf, die den fladenbrotähnlichen Teig wie einen ›essbaren Teller‹ mit allerlei Gemüse belegten. Dies wurde später von den Römern übernommen, die nach und nach die heute bekannten Kreationen entwickelten (und sich dabei, man denke nur an die Ananas auf der Pizza Hawaii, durchaus auch in die Haare kriegten). So entstanden schließlich in Neapel auch die ersten speziellen Restaurants, die Pizzerien, in denen die Pizzen verkauft wurden. Spannenderweise tauchte die Tomate jedoch erst sehr spät auf der Pizza auf, denn sie verbreitete sich in Europa als beliebte Kochzutat erst im Laufe des 18. Jahrhunderts. Seltsam, sich heute vorzustellen, dass es früher Pizza nur ohne Tomatensauce gab, oder?

ZUTATEN:

FÜR 4 PERSONEN

für den Teig:
· 150 ml lauwarmes Wasser
· 1 EL Olivenöl
· eine Prise Zucker
· 1 Würfel frische Hefe
· 250 g Mehl
· eine Prise Salz
· Olivenöl zum Bestreichen des Teigs

für den Belag:
· 250 g Tomatensauce
· 1 TL Oregano
· Salz
· Pfeffer

nach Belieben:
· Schinken, Salami, geschnittenes und gebratenes Gemüse zum Belegen – der Kreativität sind keine Grenzen gesetzt
· 200 g Mozzarella, in Scheiben geschnitten

Dauer:
Ruhezeit des Teigs ca. 1 Stunde,
Zubereitungszeit 40 Minuten,
Backzeit 15 Minuten
Schwierigkeit: einfach

ZUBEREITUNG:

Wasser in eine große Schüssel geben, das Öl zugeben und dann den Zucker und die Hefe darin auflösen. Die übrigen Zutaten zugeben und alles zu einem gleichmäßigen Teig verkneten. Anschließend den Pizzateig abgedeckt für eine halbe Stunde an einem warmen Ort gehen lassen. Dann etwas Öl zugeben und einmal durchkneten, anschließend eine weitere halbe Stunde abgedeckt gehen lassen. Er sollte am Ende etwa die doppelte Größe erreicht haben.

Den Ofen auf 210 Grad Umluft (oder 230 Grad Ober-/Unterhitze) vorheizen.
Den Teig in vier Stücke aufteilen, diese auf je einem Backblech zu einer Kugel formen und anschließend rund ausrollen, dabei den Rand etwas dicker lassen. Nach Bedarf etwas Öl hinzugeben, damit der Teig geschmeidiger wird.
Die Tomatensauce auf dem Teig verteilen, dabei den Rand freilassen. Mit Oregano, Salz und Pfeffer nach Geschmack würzen. Anschließend mit den vorbereiteten Leckereien belegen. Zum Abschluss den Mozzarella darauf verteilen.

Fertig belegte Pizza in den Ofen schieben und für ca. 15 Minuten backen, bis der Käse zerlaufen und leicht gebräunt ist.

Die Pizza heiß servieren und Duft und Geschmack nach Italien-Urlaub so richtig genießen!

Stattdessen betrachtete er mich mit einer Intensität, die mir Hitze in die Wangen schießen ließ. »Aber nur, wenn du auch die Gesellschaft genießt.«

Ich schluckte gegen die Enge in meiner Kehle an und mein Herz flatterte. Um ehrlich zu sein, genoss ich die Zeit mit ihm mehr, als ich noch vor kurzer Zeit für möglich gehalten hätte. »Über eine Wiederholung würde ich mich sehr freuen.«

Um auf ein unverfänglicheres Thema zu wechseln, begann ich, über Rosa zu sprechen, dann redeten wir über meinen Papà, der schon wieder viel zu viele Dinge selbst erledigen wollte, und wann wir mit den ersten Ergebnissen der Bodenproben rechneten.

Als ich irgendwann auf die Uhr sah, war ich erschrocken, wie spät es schon war. »Vielleicht sollte ich mir so langsam mal ein Taxi bestellen«, sagte ich, stand auf und zog mein Handy hervor, kam aber nicht mal dazu, den Bildschirm zu entsperren, weil Paolo seine Hand sanft auf meine legte.

»Bleib, bitte.«

Als ich aufsah, stand Paolo direkt vor mir und sein Gesicht war nur Millimeter von meinem entfernt. Sein warmer Atem streifte über meine Lippen und ich sog scharf die Luft ein. »Warum?«, wisperte ich und legte instinktiv meine Hände auf seine Brust.

»Weil ich nicht möchte, dass du schon gehst.« Kurz wanderten meine Gedanken zu Angelo, ehe ich ihn verbannte, weil ich Unsicherheit gerade nicht gebrauchen konnte. Ich *wollte* mich gerade für Paolo entscheiden.

Daher sah ich ihm tief in die Augen und überbrückte die letzten Zentimeter zwischen uns. Als unsere Lippen aufeinandertrafen, wurden meine Knie weich und ich musste mich an Paolos starken Schultern festhalten, um nicht zu Boden zu sinken.

Sofort schloss er die Arme um mich, seine Lippen öffneten sich und ein leises Stöhnen entfuhr ihm. Paolos Kuss war zärtlich und fordernd zugleich. Seine Zunge drang in meinen Mund ein und forderte meine zu einem leidenschaftlichen Tanz heraus. Paolo schmeckte nach Wein, Pizza und dem Versprechen nach *mehr*. Ein Mehr, das ich einfordern würde und das sicherstellte, dass dieser Abend doch noch nicht vorbei war.

Ich drückte ihn zurück in seinen Stuhl, ohne den Kuss zu unterbrechen, und setzte ich mich auf seinen Schoß. Sofort lagen seine Hände auf meinem Hintern, zogen mich eng an sich, bis ich fühlen konnte, dass unser Kuss auch an ihm nicht spurlos vorbeiging. Und ich wollte alles davon erkunden.

Lies weiter in Kapitel 8.

weiteres Knurren aus, das Paolo auflachen ließ: »Du scheinst ja wirklich Hunger zu haben.«

Ich stimmte in sein Lachen mit ein: »Du hast ja keine Ahnung«. Einträchtig belegten wir unsere Pizzen mit Gemüse und einer großen Menge Käse. Dabei standen wir so dicht beieinander, dass sich unsere Arme regelmäßig streiften. Jedes Mal wurde das Prickeln in meinem Bauch stärker, und jetzt verstand ich auch die Empfindung dahinter: Verlangen.

Als die Pizzen schließlich im Ofen waren, wechselten wir ins Wohnzimmer. Paolo deckte den Tisch und stellte sogar eine Kerze in die Mitte. Zusätzlich rief er auf dem Fernseher einen Kanal auf, der ein prasselndes künstliches Kaminfeuer wiedergab. Sofort wurde der ganze Raum vom Knistern und Leuchten der unechten Flammen erhellt. Dazu wehte die warme Abendluft durch die geöffneten Fenster zu uns herein und brachte den Geruch des Meers zu uns. Über den Tisch hinweg trafen sich unsere Blicke, und in diesem Licht wirkte Paolo unerwartet sanft und liebevoll.

Kurz darauf waren die Pizzen fertig und wir setzten uns. Allein der Geruch von geschmolzenem Käse ließ mir das Wasser im Mund zusammenlaufen. Doch zuerst nahm ich mein Weinglas in die Hand und hielt es Paolo hin. »Danke für das Essen.«

Etwas blitzte in seinen Augen auf. »Danke, dass du diesen Abend mit mir verbringst.«

»Nirgendwo anders wäre ich gerade lieber. Auch wenn ich etwas gebraucht habe, um das zu erkennen.«

Mit einem sanften Klirren stieß er sein Glas an meines, und als wir beide einen Schluck tranken, hielten seine Augen meinen Blick fest. Diese simple Geste sollte mein Blut nicht derart in Wallung bringen. Schnell nahm ich Messer und Gabel zur Hand und machte mich über die Pizza her. Etwas zu schnell, wie sich herausstellte, denn der erste Bissen verbrannte meinen Gaumen. Danach aber explodierte der Geschmack auf meiner Zunge. Der Teig hatte genau die richtige Konsistenz, der Käse war würzig und der Sugo fruchtig.

»Du hast nicht zu viel versprochen«, lobte ich stöhnend.

»Freut mich, dass es dir schmeckt.«

Über den Tisch lehnte ich mich näher zu ihm und klimperte mit den Wimpern: »Verrätst du mir das Geheimnis, wie du sie so perfekt hinbekommst?« Ich schnitt ein weiteres Stück Pizza ab und schob es mir in den Mund.

»Altes Familiengeheimnis, meine Nonna hat mir verboten, es außerhalb der Familie zu teilen.«

Ich konnte nicht anders, als zu lachen. »Damit willst du doch nur sicherstellen, dass ich zurückkomme, um mehr von dieser Pizza zu bekommen.

Er beugte sich über den Tisch näher zu mir und plötzlich war jeglicher Schalk aus seiner Miene verschwunden.

Kapitel 22

Mein erster Gedanke war, dass Angelo Kraftsport gemacht haben musste, seit ich ihn zuletzt ohne ein Shirt gesehen hatte. Gestählte Muskeln zierten seinen Oberkörper, über die etliche Wassertropfen rannen. Seit ich mit den Praktika begonnen hatte, war ich nicht mehr mit ihm zum Surfen gegangen, und im ersten Moment kam er mir völlig verändert vor. Ich schluckte gegen meine plötzlich trockene Kehle an, während Angelo sich des Kites und seines Kiteschirms entledigte. Ich konnte kaum meinen Blick von ihm abwenden.

Er wischte sich die feuchten Haare aus der Stirn, packte sein Material zusammen und verabschiedete sich mit einem Nicken von seinem Freund. Dann drehte er sich um und sein Blick traf auf meinen. Das strahlende Lächeln, das sich in seinem Gesicht breit machte, rief ein Prickeln tief in meinem Inneren hervor. Langsam kam er auf mich zu und blieb nur wenige Zentimeter vor mir stehen. Er roch nach Sonne, Meer und –

»Wenn ich gewusst hätte, dass du uns beim Training zusehen willst, hätte ich dich mitnehmen können.«

Ich lachte rau. »Ich hatte keine Ahnung, dass ihr hier sein würdet. Ich bin nur zufällig vorbeigekommen.« Es klang wie die billigste Ausrede des Jahrhunderts, obwohl es die Wahrheit war.

Er verzog den Mund zu dem für ihn typischen spitzbübischen Lächeln und zwinkerte mir zu: »Hätte ich jetzt auch gesagt.«

Ich verdrehte die Augen, was mir für den Bruchteil einer Hundertstelsekunde die Möglichkeit gab, etwas anderes anzustarren als seinen nackten Oberkörper. »Woher hätte ich denn wissen sollen, dass du hier bist? Du hast mir ja nichts gesagt?«, versuchte ich es auf die unschuldige Tour.

Angelo setzte sich in den Sand und zog mich an meiner Hand neben sich auf den warmen Boden. So dicht neben sich, dass sich unsere Arme berührten. »Dein Papà weiß, dass ich momentan jeden Abend hier bin zum Trainieren, weil demnächst die große Competition ist.«

»Ach was.« Ich lehnte mich leicht zur Seite und starrte ihn an. »Dann kann ich dich also endlich mal wieder bei einem Wettkampf sehen?« In den letzten Jahren war ich immer nur außerhalb der Wettkampfsaison zu Besuch hier gewesen.

Angelo stützte sich auf dem linken Arm ab, was ihn näher zu mir brachte. »Kannst du.«

Ein warmes Gefühl machte sich in mir breit. »Und? Wo stehst du im Ranking?« Schon in unserer Jugend hatte Angelo oft vordere Plätze belegt, es aber selten aufs Treppchen geschafft. Die Konkurrenz war schon damals heftig gewesen.

»Er ist der Beste, was denn sonst?«

Ich erschrak bei der Stimme, die hinter mir ertönte. Einer der anderen Kitesurfer war zu uns getreten. Sein Man-Bun war schon fast wieder trocken, also musste er >>>

Das Kreischen der Möwen begrüßte mich, als ich an diesem Abend den Strand von Giardini Naxos betrat. Rasch streifte ich meine Flipflops ab und vergrub die Füße im noch warmen Sand. Mein zufriedenes Seufzen wurde vom Rauschen der Wellen übertönt, als ich vor bis zur Uferlinie lief.

Nur noch vereinzelt saßen Leute im Sand. Die Sonne war bereits hinter dem Ätna verschwunden, aber die Hitze des Tages hing noch immer über der Insel, und auch das Wasser, das meine Füße umspülte, war keine wirkliche Erfrischung. Nur der Wind, der vom offenen Meer heranwehte, verschaffte mir etwas Abkühlung.

Ich schloss für einen Moment die Augen und atmete tief ein. Wie hatte ich das vermisst. Das Meer, den Strand, aber vor allem Papà und unser Weingut. Mein Zuhause. Als ich damals zu den Praktika aufgebrochen war, hatte mich eine Wanderlust getrieben. Ich hatte die Welt sehen wollen. Jetzt, fast fünf Jahre später, verspürte ich in mir den Wunsch, wieder länger an einem Ort zu bleiben. An diesem Ort. Ich wusste nun, dass es überall wunderschöne Fleckchen Erde und herzliche Menschen gab, aber dass Heimat ein Gefühl war, das man im Herzen trägt. Und mein Herz hatte begonnen zu singen, als ich heute nach langer Zeit wieder sizilianischen Boden betreten hatte, um Papà zu helfen.

Langsam schlenderte ich weiter, immer parallel zur Wasserlinie, und hing weiter meinen Gedanken nach. Ein Platschen in der Nähe schreckte mich auf. Eine Gruppe Kitesurfer trainierte im abendlichen Mittelmeer. Ihre Sprünge, Drehungen und Salti waren atemberaubend. Der Wind blies kräftig genug, um sie mehrere Meter in die Luft zu katapultieren, ehe sie anmutig wieder auf der Wasseroberfläche landeten und weiter dahinglitten.

Kitesurfen war ein großes Ding in Sizilien. Ich war damit aufgewachsen und hatte es früher selbst gerne gemacht, auch wenn ich nie sonderlich gut darin gewesen war. Nicht so gut wie Angelo. Er hatte schon als Kind an Competitions teilgenommen. Ich ließ meinen Blick über die Surfer gleiten, aber sie waren zu weit weg, um jemanden genauer erkennen zu können. Eine weitere Gruppe saß ein Stück von mir entfernt im Sand. Sie lachten und scherzten miteinander und riefen den Surfern auf dem Wasser lautstark Tipps zu, auch wenn diese sie sicher nicht hören konnten.

Die Anmut der Surfenden machte mich sprachlos, so mühelos wirkte es, obwohl ich wusste, wie schwer dieser Sport war. Sie gaben den Zuschauenden das Gefühl, dass jeder dazu in der Lage sein könnte.

Irgendwann lösten sich zwei Surfer aus der Gruppe und paddelten in Richtung Strand. Je näher sie kamen, desto bekannter kam mir ein nasser Schopf vor. Angelo. Als sie aus dem Wasser liefen, rief er seinem Freund etwas zu, das ich nicht verstand. Ich richtete mich unwillkürlich etwas mehr auf.

»Bist du froh, wieder hier zu sein?«, fragte Angelo leise in unsere Stille hinein.

»Und wie.« Lächelnd sah ich zu ihm. »Von Papàs Unfall natürlich abgesehen. Es war toll, da draußen in der Welt. Aber ich habe das hier auch sehr vermisst. Sizilien, das Meer, Papà, den ganzen Trubel hier. Trotzdem bin ich froh, dass ich die Praktika gemacht habe. Ich habe so viel gelernt, auch über mich selbst.«

Angelos Blick ruhte auf mir, intensiv und irgendwie suchend. »Klingt, als hättest du viel über die Zukunft nachgedacht«, sagte er schließlich.

Verlegen zuckte ich die Schultern. »Tut das nicht jeder? Abgesehen davon ...«, ich geriet ins Stocken. »Du hast dich ja auch verändert.«

Ich konnte es nicht mal genau beschreiben, weil er gleichzeitig noch immer der Angelo war, den ich von früher kannte. Aber nun spürte ich auch eine Gelassenheit an ihm, die völlig neu war. Als würde er vollkommen in sich ruhen.

Er lachte rau. »Anders? Oh, oh, das klingt nicht gut.«

»Nein, nein«, widersprach ich schnell. »Das war überhaupt nicht negativ gemeint. Ich mag das. Es ist nur ... ungewohnt.« Früher hatte Angelo kaum stillsitzen können. Ständig waren seine Beine oder Hände in Bewegung gewesen, er hatte beim Reden gestikuliert oder nervös mit dem Fuß gewippt. Doch jetzt saß er seelenruhig neben mir und sah einfach nur auf das Meer hinaus. Beobachtete die Wellen, die sich kaum zwei Meter vor uns am Ufer brachen und immer wieder feine Gischt zu uns fliegen ließen.

»Es kommt mir oft gar nicht so vor«, sagte er schließlich. »Ich warte immer noch auf den Moment, an dem ich mich wie ein echter Erwachsener fühle, obwohl ich natürlich längst meine eigenen Entscheidungen treffe.«

Ich wusste genau, was er meinte. Auch ich hatte als Kind immer gedacht, dass es einen speziellen Moment geben würde, an dem man sich erwachsen fühlte, doch der war bisher nicht eingetreten. Aber wenn ich Angelo betrachtete und die Veränderungen an ihm bemerkte, war es vielleicht nur unser Gefühl, das uns trog.

»Ich bin froh, dass du bist, wie du bist.«

Von der Seite schenkte er mir ein Lächeln. »Dann habe ich wohl alles richtig gemacht.«

Lies weiter in Kapitel 10.

bereits eine Weile zuvor das Wasser verlassen haben. Er kam mir irgendwie bekannt vor, aber an seinen Namen konnte ich mich nicht erinnern.

»Wir wollen so langsam zusammenpacken und zu Salva gehen. Kommst du mit?«, richtete er das Wort an Angelo.

»Geht ihr ruhig, ich bleibe noch mit Emilia hier. Wir sehen uns morgen.«

»Du musst wegen mir nicht deine Pläne canceln«, warf ich schnell ein. »Du kannst doch ...«

»Quatsch«, unterbrach Angelo mich. »Ich sehe diese Chaoten jeden Tag, sie kommen auch mal einen Abend ohne mich aus.«

Sein Freund griff sich an die Brust und sackte theatralisch auf die Knie, als hätte ihn ein Schuss getroffen. »Ich bin nicht sicher, ob wir das überstehen werden«, sagte er.

Angelo warf spielerisch einen seiner Flipflops nach ihm. »Verschwinde, Luca, oder ich erzähle deiner Mamà, was wir in Rimini gemacht haben.«

»Das würdest du nicht wagen.« Lachend zeigte Luca mit dem Finger auf Angelo und joggte langsam rückwärts. Dann winkte er kurz und rief: »Tut nichts, was ich nicht auch tun würde.«

Damit drehte er sich um und lief zu den anderen. Während ich ihm hinterhersah, wurde mein Blick von der Strandpromenade angezogen. Ein dunkler Haarschopf, der mir bekannt vorkam, tauchte gerade aus einer Menschenmenge auf. Für einen Moment war ich mir sicher, dass es Paolo sein musste. Sein Hinterkopf und die Statur passten zu ihm. Aber das konnte nicht sein. Er war mit einer alten Dame unterwegs, was überhaupt nicht zu ihm passte. Ich kniff die Augen zusammen, doch in dem Moment verschwanden die beiden in einer Menschentraube und waren nicht mehr zu sehen. Ich schüttelte über mich selbst den Kopf und wandte mich Angelo zu: »Was genau ist in Rimini passiert?« Neugierig musterte ich ihn.

Er verkniff sich schelmisch ein Lachen und schüttelte den Kopf. »Das kann ich dir leider nicht sagen. Wir haben einen Pakt geschlossen, niemals jemandem davon zu erzählen, der nicht selbst dabei war.«

»Und trotzdem erpresst du ihn damit, es seiner Mutter zu verraten.« Ich knuffte ihn leicht in die Seite.

»Hat ja funktioniert.« Er strich mir eine Haarsträhne aus dem Gesicht, wobei seine Finger eine kribbelnde Spur auf meiner Haut hinterließen, und sagte leise und verschwörerisch: »Verrate ihm bloß nicht, dass ich ihn nie derart hintergehen würde.« Ich stimmte in sein Lachen mit ein und schüttelte leicht den Kopf. Wortlos ließen wir uns zurück auf die Ellenbogen sinken und sahen eine Weile still aufs Meer. Einige Möwen stürzten sich unermüdlich in die Wellen, um kurz darauf mit einem Fisch im Schnabel wiederaufzutauchen. Ich lehnte mich zurück und vergrub die Hände im warmen Sand.

Kapitel 23

Ein seltsames Gefühl machte sich in mir breit. Im Gegensatz zu heute Mittag wirkte Paolo völlig entspannt. Seine Gesichtszüge waren locker und ein leichtes Lächeln umspielte seine Lippen. Eine Offenheit umgab ihn, die ich nie zuvor an ihm gesehen hatte. Aber ich wusste genau, dass es damit vorbei sein würde, sobald er mich entdeckte. Ich sah es praktisch vor mir, wie er die Zähne aufeinanderpressen würde. Wie seine Miene wieder diesen verschlossenen, vorwurfsvollen Ausdruck bekommen würde. Darauf hatte ich ehrlich gesagt keine Lust. Genauso wenig wie auf eine weitere Konfrontation.

Ich wollte mich gerade abwenden und zurückgehen, da hob die ältere Dame den Kopf. Sie sah mich direkt an und schien mich zu erkennen. Auch wenn ich sie zuvor noch nie gesehen hatte, wunderte mich das nicht. Wenn sie von hier war, war ihr das Weingut Savoca sicherlich ein Begriff, immerhin betrieb meine Familie es mittlerweile in der achten Generation und wir belieferten diverse Lokale der Region mit unserem Wein. Aber auch wenn ich als einzige Nachfahrin, die das Weingut später einmal übernehmen würde, in der Öffentlichkeit noch ein eher unbeschriebenes Blatt war, kam es doch immer mal wieder vor, dass mich Menschen erkannten.

Die alte Dame stupste Paolo mit der Schulter an und deutete mit dem Finger auf mich. *Dio mio, bitte nicht,* dachte ich noch, aber da war es bereits zu spät. Paolo sah in die Richtung, in die sie deutete. Unsere Blicke prallten aufeinander und für einen Moment schien die Zeit stillzustehen. Ich hielt die Luft an und wartete auf diesen Argwohn, diese Skepsis, mit der er mich immer musterte, als würde er mir nicht eine einzige richtige Entscheidung zutrauen. Doch nichts dergleichen geschah. Paolo blieb so reglos wie ich, als wüsste er ebenfalls nicht, wie er mit der Situation umgehen sollte.

Seine Begleitung hatte offensichtlich keine derartigen Entscheidungsschwierigkeiten, denn auf ihrem runzligen Gesicht erschien ein erfreutes Lächeln und sie schritt so energisch, wie es ihre Beine und der Stock an ihrer Hand zuließen, auf mich zu. Resigniert stieß ich die Luft aus. Der Moment, in dem ich hätte verschwinden können, war vorbei.

»Emilia, es ist so schön, dass du wieder da bist«, sagte die Frau, als sie direkt vor mir zum Stehen kam. Sie war fast einen Kopf kleiner als ich, aber sie strahlte eine unglaubliche innere Kraft aus.

»Ähm, danke.«

Es war mir immer etwas unangenehm, wenn mich mir völlig unbekannte Leute mit Namen ansprachen, als würden wir uns gut kennen. Das war schon früher so gewesen, und auch wenn ich mittlerweile vermutlich daran gewöhnt sein sollte, wusste ich noch immer nicht, wie ich reagieren sollte.

>>>

Der warme Wind strich mir durch die offenen Haare, als ich abends die Strandpromenade von Giardini Naxos entlangging. Um mich herum pulsierte das Leben. Die Restaurants waren bis auf den letzten Platz mit Touristen und Einheimischen besetzt. Musik klang aus den Boxen und von überall her wehten Gesprächsfetzen zu mir heran. Der köstliche Geruch von geschmolzenem Käse und frisch Gegrilltem hing in der Luft und obwohl ich gerade erst gegessen hatte, kam ein leichtes Hungergefühl in mir auf.

Leute strömten stetig an mir vorbei. Alle paar Meter begeisterte ein Straßenartist mit Instrumenten oder als Pantomime eine Gruppe schaulustiger Kinder, die in einem Kreis um ihn herumsaßen. Fliegende Händler verkauften Schmuck oder Taschen, die angeblich Designerware sein sollten, aber vermutlich Fake waren. Am Strand schufen Sandkünstler riesige Gebilde.

Unbemerkt schlich sich ein Lächeln auf meine Lippen, als ich an einer Stelle stehenblieb und mich an die hüfthohe Mauer lehnte, die den Strand von der Promenade abgrenzte. Im Hintergrund brachen sich die Wellen mit sanftem Rauschen am Ufer. Weiter draußen trainierten einige Kitesurfer. Das hier hatte ich vermisst. Nicht nur mein Zuhause an sich, das Weingut am Hang des Ätna oder Papà, sondern auch das bunte Leben in Taormina während der Hauptsaison. Die Weingüter, auf denen ich die letzten Jahre verbracht hatte, waren alle recht einsam gelegen und während ich die Ruhe und Abgeschiedenheit anfangs genossen hatte, stellte sich doch bald eine gewisse Einsamkeit ein.

Jetzt wieder hier zu sein machte mich glücklicher, als ich mit Worten ausdrücken konnte. Ich zog die Beine an und hockte mich im Schneidersitz auf die Mauer. Eine junge Familie mit einem kleinen Kind ging an mir vorbei. Alle hatten ein Eis in der Hand und redeten in einer Sprache, die ich nicht verstand. Als sie meine Blicke bemerkten, nickten sie mir freundlich zu, ohne eine Sorge in der Welt. Und warum auch nicht? Immerhin waren sie offensichtlich im Urlaub.

Mir wurde ganz leicht ums Herz, als ich mich nach einer Weile wieder erhob und mich von dem Strom fremder Menschen weiter treiben ließ, von der Musik, dem Lachen der Leute.

Ich war fast am Ende der Promenade angelangt, als ich ihn entdeckte. Paolo. Er kam direkt auf mich zu. Seine ausgeblichene Arbeitsjeans von heute Vormittag hatte er gegen schwarze Hosen getauscht und das weiße T-Shirt ließ keine Zweifel daran, wie trainiert sein Oberkörper war. Noch hatte er mich nicht bemerkt, denn er war nicht allein. Eine ältere Dame lief an einem Stock neben ihm. Sie schienen in ein intensives Gespräch verwickelt zu sein, so wie sie die Köpfe zusammensteckten und aufeinander einredeten, während sie nur langsam vorwärtskamen.

eingedämmt werden.« Zudem war ich nur vorübergehend da und würde mein Praktikum in Frankreich zu Ende bringen, sobald Papà wieder auf den Beinen war und wir das Unheil abgewendet hatten.

Rosa tätschelte meine Hand. »Das wird schon.« Dann drehte sie sich zu Paolo um. »Siehst du, ich hab dir doch gesagt, dass sie vernünftig ist.« Er grummelte etwas Unverständliches in seinen Dreitagebart und mir rutschte unwillkürlich ein kleines Lachen heraus.

Ehe ich etwas sagen konnte, richtete Rosa das Wort wieder an mich. »Ich finde es toll, dass du dich in der Welt umsiehst und dazulernst und dich für den Fortschritt einsetzt.«

»Nicht jede Änderung ist eine Gute«, warf Paolo ein, steckte das Handy in die Hosentasche und trat näher zu uns. Er hörte sich tatsächlich weniger feindselig an als heute Mittag.

Rosa verdrehte die Augen. »Natürlich nicht, aber sich jeder Neuerung zu verschließen ist genauso kontraproduktiv, das sagst du doch selbst immer. Emilia ist klug, sie wird schon herausfinden, was für die *Cantina Savoca* der richtige Weg ist.«

Sie warf mir ein aufmunterndes Lächeln zu, aber ich spannte mich innerlich bereits an, denn ich war davon überzeugt, dass Paolo erneut widersprechen würde. Seltsamerweise zuckte er nur schweigend mit den Schultern und ich atmete erleichtert auf.

»Es war schön, dich zu sehen, Emilia«, erklärte Rosa nun mit Blick auf ihre Armbanduhr. »Paolo, mein Lieber, es wird Zeit, zurückzugehen.« Sie zwinkerte mir zu. »Sonst verpasse ich meine Lieblingsserie.«

Ich lachte: »Na dann, viel Spaß. Und auf Wiedersehen. Bis morgen, Paolo.«

Er nickte mir kurz zu und hielt Rosa seinen Ellbogen hin, damit sie sich bei ihm einhaken konnte. Ich sah den beiden noch eine Weile hinterher, wie sie einträchtig die Promenade entlanggingen. Dann drehte ich mich kopfschüttelnd um und lief den Weg zurück, den ich gekommen war.

Den Rest des Abends verbrachte ich damit, über Paolo nachzudenken. Der Mann war ein Buch mit sieben Siegeln. Hatte ich ihn etwa total falsch eingeschätzt? Oder war ich naiv – so stellte er mich ja immer wieder dar –, wenn mich das klitzekleine Gefühl beschlich, dass sich unsere Zusammenarbeit doch zum Guten wenden würde? Keine Ahnung, was ich davon halten sollte, aber es machte mich ein wenig zuversichtlicher für unsere kommende Zusammenarbeit.

Lies weiter in Kapitel 10.

»Oh, entschuldige, du weißt sicher nicht, wer ich bin.« Ihr Händedruck war fester als erwartet. »Mein Name ist Rosa. Deine Mamà war als kleines Mädchen in meiner Kindergartengruppe, daher frage ich diesen jungen Mann hier immer, wenn wir uns sehen, wie es bei den Savocas läuft.« Sie deutete auf Paolo, der mittlerweile zu uns aufgeschlossen hatte. Er hielt sich offenbar absichtlich etwas abseits, als würde er unser Gespräch nicht stören wollen. Doch nun trafen sich unsere Blicke wieder und für den Bruchteil einer Sekunde jagte ein Stromstoß durch meinen Körper.

Schnell wandte ich mich wieder Rosa zu. »Wie nett! Und woher kennt ihr beide euch?« Ich hatte vermutet, dass sie verwandt sein könnten, aber das schien nicht der Fall zu sein.

Rosa sah Paolo kurz fragend an, und erst als er fast unmerklich nickte, erklärte sie: »Ich wohne im *Cuore ed Anima*, einer Einrichtung für betreutes Wohnen hier in Taormina. Dort haben wir uns kennengelernt, weil Paolos Nonna das Zimmer neben meinem bewohnt hat. Leider ist sie mittlerweile von uns gegangen, aber Paolo besucht mich immer noch regelmäßig. Manchmal lässt er mich beim Schach gewinnen, manchmal gehen wir einfach spazieren.« Sie schmunzelte und mein Blick flog erneut zu Paolo, doch er tat so, als hätte er es nicht bemerkt, und starrte regungslos auf sein Handy. Fast, als wäre ihm das Ganze unangenehm. Nie im Leben hätte

ich gedacht, dass in ihm so eine loyale, ja, fast schon liebevolle Seite schlummern konnte. Sie machte ihn irgendwie menschlicher, zugänglicher, aber so vehement, wie er sich von uns abwandte und die Schultern hochzog, wollte er gerade nicht mit mir darüber reden. War ihm Rosas Lobrede tatsächlich peinlich?

»Das ist wirklich nett von ihm«, sagte ich zu Rosa.

Sie nickte. »Er ist ein guter Junge. Aber nun zu dir. Wie geht es dir? Wie war's im Ausland und was hast du vor, jetzt, wo du wieder da bist?«

»Ähm ...« Im ersten Moment war ich verwirrt.

Rosa flüsterte mir mit einem verschwörerischen Lächeln zu: »Wir reden natürlich hin und wieder auch über dich ...« Ich sah sie unsicher an. »Und ich gebe zu, ich frage ihn manchmal ein bisschen aus. Alte Menschen wie ich sind nun mal neugierig. Wir wollen wissen, was die Jugend umtreibt, was sie vorhat.«

Nun war ich endgültig überfordert. Vor allem, weil Paolo und ich uns ja genau darüber gestritten hatten. Aber ich stand zu meinen Ideen und wollte Rosa gegenüber nicht unhöflich sein. »Ich habe so einiges gelernt. Vor allem über moderne Bewässerungsverfahren und neue Rebsorten. Das muss ich aber zuerst noch mit Papà besprechen und dann werden wir sehen, was sich davon überhaupt realisieren lässt. Erst mal ist sowieso am Wichtigsten, dass wir das aktuelle Problem in den Griff bekommen. Was auch immer unsere Reben bedroht, muss

Kapitel 24

Paste di Mandorle

Wenn du zwischen Februar und März auf Emilias Heimatinsel fährst, wirst du ein besonderes Spektakel erleben können. Denn zu dieser Zeit blühen auf Sizilien die Mandelbäume und verwandeln ganze Landstriche in ein roséfarbenes Meer. Besonders im Süden der Insel gibt es viele Mandelbäume, zum Beispiel im Ort Avola, aus dem eine der berühmtesten Sorten stammt.

Mandeln haben eine enorme Bedeutung für die sizilianische Küche, nicht nur in bekannten, lecker-süßen Keksen wie den Cantuccini sowie Amaretti oder in Alkoholen wie dem Amaretto, sondern auch in Cremes oder als Mehl zum Backen.

Auch in die hier vorgestellten Paste di Mandorle gehören die sizilianischen Köstlichkeiten. Diese Kekse sind eine wunderbare Ergänzung für den mediterranen Nachmittagskaffee das ganze Jahr über, machen sich aber genauso gut auf einem Plätzchenteller. Und wusstest du, dass der Name ›Paste di Mandorle‹ eigentlich Mandelpasten heißt? Entsprechend viel fein gemahlene Mandel ist in den Keksen enthalten. Einfach lecker!

ZUTATEN:
FÜR 25 STÜCK

· 275 g gem. Mandeln
· 140 g Zucker
· 1 große Prise Salz
· 2 EL Amaretto oder 3 Tropfen
Bittermandelaroma
· 1 EL Honig oder Agavendicksaft
· 2 Eiweiß (Größe M)
(vegane Alternative: 60 ml Sojadrink)

nach Geschmack:
· abgeriebene Orangenschale
· Puderzucker zum Wälzen
· ganze Mandeln als Dekoration

Dauer: 60 Minuten
Schwierigkeit: einfach

ZUBEREITUNG:

Den Backofen auf 180°C Umluft (200°C Ober-/Unterhitze) vorheizen.

Die Mandeln zusammen mit Zucker, Salz und dem Amaretto (sowie nach Geschmack der Orangenschale) in einer Schüssel vermischen. Das Eiweiß in einer separaten Schüssel zu einem festen Schnee schlagen. Dann Honig und den Eischnee zu den übrigen Zutaten geben und alles vorsichtig zu einem gleichmäßigen Teig verkneten. Dabei nicht zu fest verarbeiten, um die Konsistenz des Eischnees nicht zu zerstören.

Optional kann der Teig für zusätzliche Festigkeit für eine halbe Stunde abgedeckt in den Kühlschrank gestellt werden.

Derweil eine Arbeitsfläche vorbereiten, dazu ein Backblech mit Backpapier auslegen und in eine flache Schüssel Puderzucker zum Wälzen geben.

Mit der Hand oder mit einem Löffel Kugeln aus dem Teig ausstechen, in der Hand rund formen, dann im Puderzucker wälzen und auf das vorbereitete Backblech legen.

Nach Belieben noch etwas flach drücken und auf jeden Keks eine ganze Mandel setzen.

Die Kekse für 12 bis 15 Minuten backen, bis sie leicht gebräunt sind und sich auf der Oberseite Risse bilden.

Herausnehmen und vollständig auskühlen lassen.

TIPP:
In einem luftdichten, sauberen Behälter könnt ihr diese leckeren Kekse für etwa zwei Wochen lagern ... falls sie überhaupt so lange überleben.

Hof ist nochmal etwas völlig anderes als bei uns. Das solltest du dir nicht entgehen lassen, wenn du später unseren Hof und bereits ab November meinen Sitz in der Winzervereinigung übernehmen wirst.«

Mit genau diesen Worten hatte ich gerechnet, aber obwohl ich mir zuvor zurechtgelegt hatte, was ich erwidern wollte, kam mir das alles plötzlich nicht mehr ausreichend, sondern wie trotzige Gegenwehr vor.

Doch es kam noch schlimmer, denn Angelo räusperte sich und richtete nun das Wort an mich: »Ich finde, dein Papà hat recht, du solltest das Praktikum zu Ende führen. Schau mal, du bist schon so weit gekommen, hast fast fünf Jahre durchgehalten, da sollten die letzten Wochen doch ein Kinderspiel für dich sein. Und wenn du ab November zurück bist, kannst du dich mit gutem Gewissen in all die Projekte stürzen, die du geplant hast.«

Seine Worte zogen mir den Boden unter den Füßen weg und ich befand mich im freien Fall. Sie gaben mir das Gefühl, als wollte Angelo mich loswerden. Nach allem, was wir gestern getan hatten, wollte er nun, dass ich ging? Ich hatte gedacht, die letzte Nacht wäre für ihn so besonders gewesen wie für mich, dass es ihm etwas bedeutet hätte, auch wenn wir noch nicht darüber geredet hatten, wie es mit uns weitergehen würde.

Stattdessen ließ er mir nicht einmal die Chance, das mit ihm zu klären. Es fühlte sich wie Verrat an. Denn

jetzt, vor meinem Papà, konnte ich das, was wir gestern getan hatten, natürlich nicht ansprechen. Er warf mir regelrecht vor die Füße, dass er auf Papàs Seite stand, ohne dass ich mich dagegen wehren konnte, und *das* machte es so perfide. Warum tat er mir das an?

Entgeistert und verletzt betrachtete ich Angelo, ehe ich meine Empfindungen herunterschluckte und nickte. »Bitte entschuldigt mich«, sagte ich leise, stand auf und verließ den Raum.

Lies weiter in Kapitel 16.

Die letzte Nacht mit Angelo war wunderschön gewesen, auch wenn ich bereits vor dem Morgengrauen sein Bett hatte verlassen müssen. Ich wollte nicht riskieren, dass Papà mitbekam, dass ich die ganze Nacht nicht zu Hause gewesen war, auch wenn ich mich kaum von Angelo hatte trennen können. Aber seit ich es getan hatte, konnte ich nur noch drüber nachdenken, wie es jetzt weitergehen würde.

Als ich morgens unsere Küche betrat und Angelo sowie Papà gemeinsam vor dem Herd stehen sah, kamen sämtliche Grübeleien zu einem abrupten Stopp. Papà bereitete gerade Rührei zu und sie redeten flüsternd miteinander. Als sie mich bemerkten, verstummten sie.

»Guten Morgen, *cara mia*«, begrüßte Papà mich etwas zu überschwänglich. »Schön, dass du da bist, Frühstück ist gleich fertig.«

»Morgen«, murmelte ich etwas überrumpelt, dann wandte ich mich Angelo zu. »Was machst du schon hier? Und wo ist Giorgia?«

Er sah geradezu schuldbewusst zu meinem Papà. Zwischen den beiden lief eine stumme Kommunikation ab. »Ich hab Giorgia heute freigegeben, weil wir etwas besprechen mussten«, sagte Papà und ein ungutes Gefühl machte sich in meiner Brust breit. »Setz dich schon mal, wir können beim Essen darüber reden.«

Eigentlich war ich dafür viel zu nervös, aber ich würde das Unvermeidliche auch nicht aufhalten können, wenn ich stehen blieb. Daher hockte ich mich ganz vorne auf die Kante des Stuhls und beobachtete Papà, wie er nacheinander zwei Teller mit Rührei zum Tisch brachte. Obwohl er den Gips noch trug, bewegte er sich selbst ohne Krücke wieder sicher auf den Beinen. Etwas, das mir in den letzten Tagen bereits aufgefallen war. Auf einmal wurde mir klar, worum sich dieses ominöse Gespräch drehen würde.

Ehe einer der beiden etwas sagen konnte, ergriff ich das Wort. Angriff war schließlich die beste Verteidigung, oder? »Ich hab nachgedacht. Die letzten zwei Wochen hier haben mir gezeigt, wie sehr ich mein Zuhause und vor allem euch vermisst habe. Ich habe viel gelernt, das ich jetzt dringend anwenden will. Die Dubois haben mir ja eh angeboten, das Praktikum bei ihnen abzubrechen, weil sie mir nichts mehr beibringen können...« Angelo hörte aufmerksam zu, während Papà bereits die Stirn runzelte. Doch davon ließ ich mich nicht ablenken. »Ich sehe also keinen Sinn darin, für die letzten Monate zurück zu gehen«, schloss ich.

Papà seufzte und sah mich mitfühlend an. Ich wusste, dass er nie etwas Schlechtes für mich wollte, aber dass er meine Argumentation nicht guthieß, wurde klar, noch ehe er das Wort an mich richtete.

»Ich kann dich natürlich nicht zwingen, aber du solltest dir das noch mal überlegen. Die Dubois liefern dir eine einmalige Chance, und die Lese auf einem großen

Kapitel 25

Als ich umgezogen wieder aus dem Haus trat, ließ Angelo seinen Blick einmal über meinen Körper wandern, bevor er mir den Arm hinhielt, um mich zum Auto zu begleiten.

»Willst du mir wirklich nicht sagen, wohin wir gehen?«, versuchte ich erneut, irgendetwas aus ihm herauszukitzeln, sobald wir unterwegs waren.

»Ich bin mir sicher, dass du es noch eine halbe Stunde aushältst, bis wir da sind.«

»Und wenn nicht?« Ich setzte meinen besten Hundeblick auf, während ich in Gedanken schon durchging, wohin er mich in dieser Zeit bringen konnte. Allerdings kam ich nicht weit, weil das nahezu alles rund um Taormina miteinschloss.

Angelo lachte nur. »Du bist süß, wenn du neugierig bist.«

»Hmpf.« Ich tat kurz, als würde ich schmollen, aber wie so häufig hielt ich nicht lange durch. Daher verwickelte ich Angelo für den Rest der Fahrt in ein Gespräch über seine Eltern, die ich leider noch nicht hatte treffen können, seit ich mein Praktikum unterbrochen hatte.

Als Angelo auf eine Straße in Richtung Zafferana Etnea abbog, die sich einen Berg hinauf schlängelte, wusste ich plötzlich, wo er mich hinbrachte. »Wir fahren zum Planetarium?«

»Jetzt warte doch erst mal ab, das ist noch nicht alles.«

Ich musste lächeln, weil das so unfassbar romantisch war. Er hatte sich richtig Gedanken gemacht, wie er mich überraschen konnte.

»Okay« Angelo parkte den Wagen und wandte sich mir zu: »Wollen wir?«

Anstelle einer Antwort sprang ich aus dem Auto. Gemeinsam gingen wir auf das flache Gebäude mit der großen Kuppel zu. Als Kind war ich mit Mamà oft hier gewesen. Wir hatten uns Shows angesehen, die den Ursprung des Universums erklärten, die Sternbilder am Himmel oder das Zusammenspiel der Planeten in unserem Sonnensystem. Ich hatte es geliebt, dieses Gefühl, mich mitten im Weltall zu befinden.

Nach dem Tod meiner Mamà hatte ich diesen Ort gemieden. Zuerst hatte es zu sehr wehgetan, ohne sie herzukommen, dann war ich zu beschäftigt gewesen und zuletzt ...? Schon lange, bevor ich zu meinen Praktika ins Ausland aufgebrochen war, hatte ich gar nicht mehr daran gedacht, dass das Planetarium überhaupt existierte.

Angelo zog die Tür auf, legte eine Hand an meinen unteren Rücken und ließ mich vor sich eintreten. Dabei sah er mich eindringlich an. »Ist das okay für dich?« Er wusste natürlich, was mich mit diesem Ort verband.

Das Lächeln kam mir leicht auf die Lippen und ich nickte. »Mehr als okay.«

>>>

Mein Gefühlschaos hatte sich bis zum nächsten Abend kein Stück gelegt. Im Gegenteil, jetzt, da sich eine Lösung für den Südhang abzeichnete, übernahmen Angelo und Paolo den Großteil meiner Gedanken, und ich fragte mich, wie ich nur in diese Situation hatte geraten können. Ich hätte nie damit gerechnet, während meiner Zeit hier gleich für zwei Männer Gefühle zu entwickeln.

Im Lauf des Tages hatte ich versucht, mich weiterhin mit Arbeit abzulenken, was mir aber nur bedingt gelungen war. Zwar schaffte ich alles, was auf meiner To-do-Liste stand, aber meine Gedanken geklärt hatte es nicht.

Daher kam mir Angelo, der in eine Stoffhose und ein weißes Kurzarmhemd gekleidet über unseren Hof schritt, auch im ersten Moment wie eine Erscheinung vor. Als hätte ich ihn mit der Kraft meiner Gedanken dorthin befördert.

Ich sog seinen Anblick in mich auf. Seine Haare, die ordentlich zurückgekämmt waren, die breiten Schultern, die das Hemd spannen ließen. Seine Augen konnte ich aufgrund der dunklen Sonnenbrille nicht sehen, aber ich spürte den Moment, in dem er mich erblickte. Er lächelte und eine Gänsehaut breitete sich auf meinen Armen aus, als würde mein Körper instinktiv spüren, dass er von Angelo angesehen wurde.

Langsam ging ich auf ihn zu. »Was machst du hier und warum bist du so schick angezogen?«

Er schob die Sonnenbrille auf den Kopf. »Ich wollte dich abholen.«

Meine Mundwinkel hoben sich ebenfalls. »Wohin?«

»Das ist eine Überraschung.« Mit dem Zeigefinger tippte er mir auf die Nasenspitze.

»Hey, frech.« Ich fing seinen Finger ein und hielt ihn fest. »Und du denkst, dass ich mich einfach so auf diese *Überraschung* einlasse?«

Er trat näher, bis seine Schuhspitzen an meine Flipflops stießen. Ein Funkeln trat in seine Augen. »Früher hättest du zu einem Abenteuer nie Nein gesagt.«

Verdammt, er kannte mich zu gut. Ich seufzte gespielt auf. »Du hast ja recht. Sagst du mir wenigstens, was ich anziehen soll? Du siehst ganz schön fancy aus.«

Er legte seine Hand an meine Hüfte und zog mich so eng an sich, dass kein Blatt Papier mehr zwischen uns passte. Dann senkte er den Kopf, bis unsere Nasenspitzen nur noch Millimeter voneinander entfernt waren. »Ich habe mich für dich so angezogen. Du kannst tragen, was immer du willst.«

Mein Herz schmolz bei dieser Aussage noch mehr, während er mir den süßesten aller Küsse auf die Nasenspitze setzte, ehe er mich aus seinen Armen entließ.

Ich war gerade an der Treppe zur Haustür angekommen, als Angelo mir hinterherrief. »Du kannst auch nackt kommen, gar kein Thema.«

Ich lachte und streckte ihm den Mittelfinger entgegen. Das könnte ihm so passen.

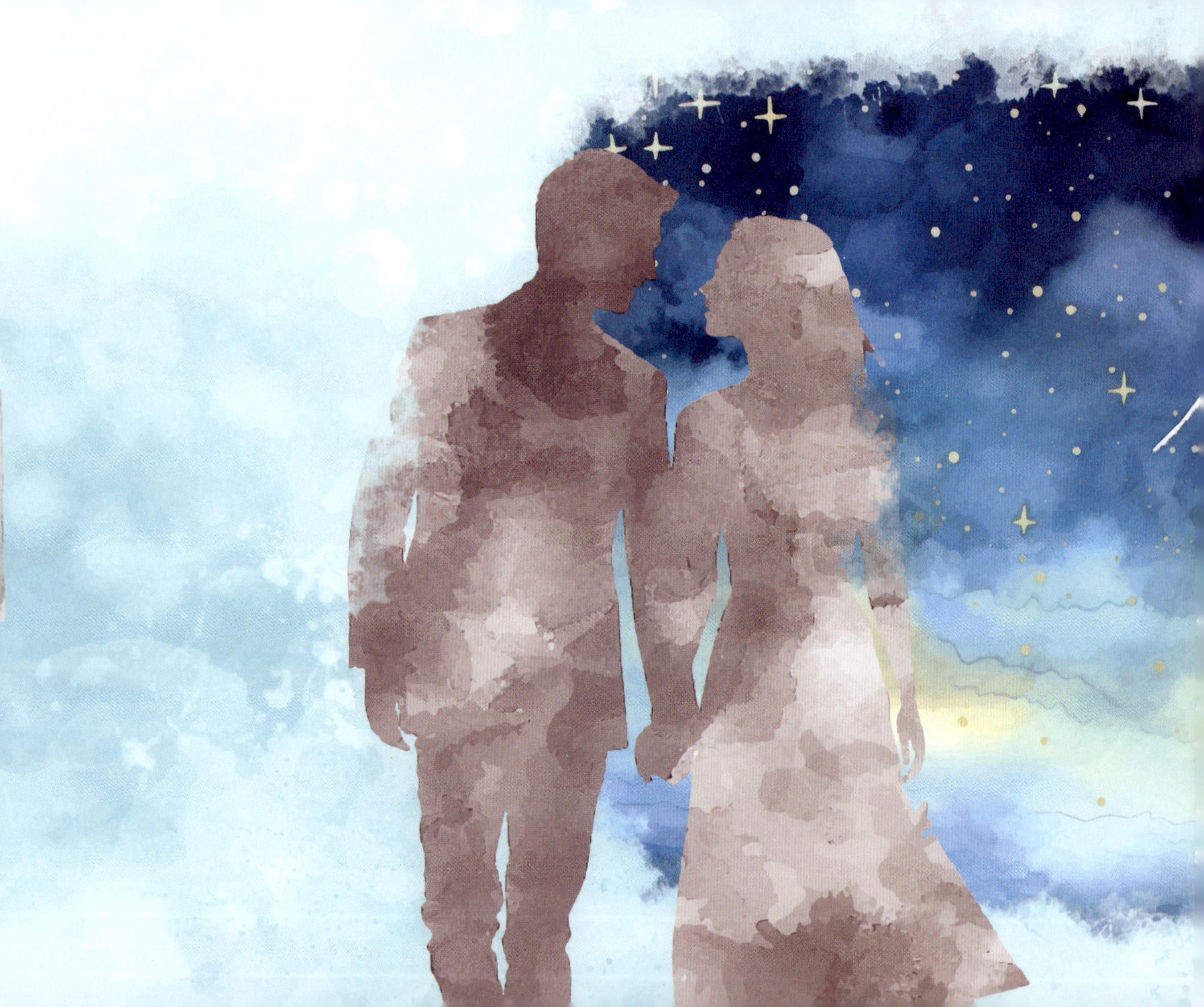

»Es gibt niemandem, mit dem ich lieber hier wäre.« Das zumindest war die Wahrheit.

Wir tranken einen Schluck Wein und machten uns über die Suppe her, die noch viel besser schmeckte, als sie roch. Dabei hielt er meinen Blick gefangen und Wärme pulsierte durch meinen Körper. Warum war mir früher nie aufgefallen, was Angelo in mir auslösen konnte? Das Himmelsbild über unseren Köpfen funkelte hell wie der Nachthimmel in der Wüste. Immer wieder wurde mein Blick davon angezogen, aber nur für kurze Momente, weil es so viel schöner war, Angelo anzusehen.

Nach der Suppe gab es eine unglaublich leckere Steinpilzpasta, gegrillten Fisch und zum Dessert traumhaft cremiges Tiramisu. Währenddessen streiften Angelos Finger immer wieder meinen Handrücken. Jedes Mal schoss ein kleiner Stromstoß durch meinen Körper, bis ich mich gar nicht mehr aufs Essen konzentrieren konnte.

Pappsatt schob ich schließlich die leere Tiramisu-Schale von mir. »Das war perfekt.«

Angelo beugte sich näher zu mir und hielt meinen Blick gefangen. »Finde ich auch.«

»Nur eine Sache fehlt noch.«

»Espresso?«, fragte er.

Ich schüttelte den Kopf, stand auf, ging um den Tisch herum und setzte mich auf Angelos Schoß. »Et-was, das ich schon die ganze Zeit tun wollte.« Ich vergrub meine Hände in seinem Nacken und brachte mein Gesicht nah an seines. »Das hier«, wisperte ich und küsste ihn, erst sanft und vorsichtig, dann immer fordernder. Angelo legte die Arme um mich und erwiderte den Kuss leidenschaftlich. Es schien, als legten wir all das, was wir noch nicht ausgesprochen hatten, in diesen Kuss hinein.

Irgendwann unterbrach Angelo den Kuss und lehnte seine Stirn an meine. »Emilia ...« Seine Stimme war ganz rau, aber in seinen Augen brannte ein Feuer, das Hitze in mir aufsteigen ließ. Am liebsten würde ich ihm die Klamotten vom Körper reißen, aber dafür waren wir am denkbar schlechtesten Ort.

»Bring mich zu dir«, raunte ich ihm zu.

»Bist du sicher?«

Ich drängte mich an ihn, bis meine ganze Vorderseite an ihn gepresst war. »So sicher wie noch nie zuvor in meinem Leben.«

»Okay.« Angelo griff nach meiner Hand und gemeinsam verließen wir das Planetarium.

Lies weiter in Kapitel 24.

Wir traten in den dunklen, klimatisierten Eingangsbereich. Wäre die Tür nicht offen gewesen, hätte ich vermutet, dass das Planetarium noch geschlossen war. Außer uns war niemand da, die Bildschirme, die normalerweise das Programm ankündigten, waren ausgeschaltet und auch hinter den Kassen saß niemand.

Während wir auf die große Flügeltür zugingen, die zum Vorstellungssaal führte, öffnete sie sich bereits. Ein schmächtiger Mann mit Glatze und imposantem Bart trat heraus. »Ah, Sie sind pünktlich, sehr gut. Ich habe drinnen schon alles vorbereitet.«

»Vielen Dank. Wir können dann in fünf Minuten beginnen.«

»*Certamente.*« Er zog die Tür weiter auf, um uns einzulassen, aber ich konnte Angelo nur erstaunt ansehen und bewegte mich nicht von der Stelle. Was genau hatte er geplant? Anstatt irgendwas zu erklären, hielt er mir nur seine Hand hin. Weil ich ihm vertraute, verschränkte ich schließlich meine Finger mit seinen und ließ mich in den Raum führen.

Dunkelheit empfing uns, nur durchbrochen vom Sternenhimmel, der uns vom Kuppeldach entgegenstrahlte. Angelo und ich gingen bis in die Mitte der Stuhlreihen, und sobald ich entdeckte, was dort vorbereitet war, entwich mir ein erstauntes Keuchen. Ein Tisch mit zwei Stühlen war aufgebaut, mit Tischdecke, einer einzigen roten Rose und einer Kerze in der Mitte.

Teller und Besteck verrieten, dass wir etwas zu Essen bekommen würden.

Abrupt blieb ich stehen und wandte mich Angelo zu. »Ein Candle Light Dinner im Planetarium? Das hast du für *mich* organisiert?«

Sein Lächeln wirkte vorsichtig und jungenhaft. »Ich hoffe, die Überraschung ist geglückt.«

»Aber so was von.« Ich fiel ihm um den Hals und drückte ihm einen überschwänglichen Kuss auf den Mund. Angelo wirkte kurz überrascht, ehe er sich in den Kuss fallen ließ.

Viel zu schnell löste er sich wieder von mir. Er griff nach meiner Hand, führte mich zum Tisch und zog den Stuhl für mich zurück, damit ich mich setzen konnte, ehe er mir gegenüber Platz nahm. Wie aufs Stichwort trat ein Kellner an unseren Tisch, servierte eine köstlich duftende Tomatensuppe und schenkte uns Nero d'Avola ein. Kaum hatten wir uns bedankt, verschwand er wieder.

»Wie hast du das alles auf die Beine gestellt?«, fragte ich erstaunt.

»Das Candle-Light Dinner kann man im Planetarium buchen, das bieten sie regelmäßig an.« Angelo hielt mir sein Glas zum Anstoßen hin. »Danke, dass du diesen Abend mit mir verbringst.«

Die unterschiedlichsten Gefühle prasselten auf mich ein, viel zu schnell, um sie zu greifen.

Besuchen Sie uns im Internet: www.pattloch.de

MIX
Papier | Fördert
gute Waldnutzung
FSC® C007972

© 2025 Pattloch Verlag. Ein Imprint der Verlagsgruppe Droemer Knaur GmbH & Co. KG
Maria-Luiko-Straße 54, 80636 München

© Nina Bilinszki
Dieses Buch wurde vermittelt von der Literaturagentur
erzähl:perspektive, München (www.erzaehlperspektive.de).

Lektorat: Lektorat Susanne Böse, Böse Texte – Gute Texte, München
Projektbetreuung: Stephanie Linke, Pattloch Verlag
Gesamtgestaltung: Kristian Kimmel
Satz: Daniela Schulz
Composing der Illustrationen von Kristian Kimmel unter Verwendung von Freepik-Designs und
Creativemarket.com/Italian Vibe sowie Kapitel 15: Cannoli von Marharyta/stock.adobe.com
Cover: coma3d/stock.adobe.com; Attitude1/stock.adobe.com; Alena Sauchanka/Getty Images; chutima/stock.adobe.com.
Farbschnitt: Татьяна Гончарук/stock.adobe.com.
Gesamtherstellung: Colorprint Offset Limited, Hongkong, China

ISBN 978-3-629-01551-8

Kontaktadresse nach EU-Produktsicherheitsverordnung:
produktsicherheit@droemer-knaur.de

2 4 5 3 1